海を渡った日本文学

『蟹工船』から『雪国』まで

海を渡った日本文学

『蟹工船』から『雪国』まで

目次

序章　キーン、サイデンステッカー、角田　7

I　大戦前　戦略としての文学　17

第1章　国際文化振興会と角田柳作　18

1　『現代日本文学概説』　20

2　国際文化振興会の試み　24

3　角田柳作の努力　30

第2章　国際共産主義と『蟹工船』　40

1　最初に英語に訳された現代日本文学　40

2　ビカートン　45

3　秘密裏の英訳　47

4　海外出版へ　50

第3章　宣伝としての『麦と兵隊』　58

1　アメリカでの出版　58

2　改変された原文　63
3　日本の新聞報道　70
4　キーンの評価　75

II　大戦後　キーンとサイデンステッカー再上陸　81

第4章　日本文学者ドナルド・キーンの誕生　82
1　ドナルド・キーン著『日本の文学』の評価　82
2　推測される書評掲載の経緯　85
3　『日本の文学』と書評の中身　89

第5章　文化自由会議とサイデンステッカー　100
1　文化冷戦と「文化自由会議」　100
2　CIAとユダヤ人の共同　105
3　「エンカウンター」誌とサイデンステッカー　115
4　「自由」誌と日本文化フォーラム　120

第6章　「エンカウンター」誌が伝えた戦後日本文化　128

1　メルヴィン・ラスキーの日本レポート　128
2　サイデンステッカーの東京　134
3　ハーバート・パッシンの見た日本の雑誌事情　141

Ⅲ　新たな日本文学ブーム　147

第7章　クノップフ社の「日本文学英訳プログラム」　148
1　ハロルド・ストラウスの目論み　148
2　二つの財団の資金援助　151
3　ストラウスの日本文学探訪　154
4　英訳プログラム始動　161
5　クノップフという出版社　165
第8章　高まりゆく日本文学への関心　169
1　「アトランティック」誌の日本特集　169
2　「伊豆の踊子」の抄訳　173
3　二つの日本文学論　175

〈中島健蔵〉 176
〈サイデンステッカー〉 180
第9章 一九五五年、英訳プログラム始動 188
1 大佛次郎の『帰郷』 188
2 谷崎潤一郎『蓼食う虫』 195
3 英訳の経緯と反響 198
4 サイデンステッカーの序文 202
第10章 川端康成『雪国』 209
1 川端との出会い 209
2 翻訳の妙味 211
3 アメリカでの評判 218
終章 225
あとがき 234

序章　キーン、サイデンステッカー、角田

日本の近代文学が、西洋文学の影響のもとに成立し発展してきたということに、疑いの余地はない。漱石、鷗外はもちろんのこと、大正・昭和から現代に至っても、日本文学は西洋文学の本髄に触れようと努力し、また次々と展開する文学思潮を摂取しながら、自分たちの文学の在りようを模索してきた。それはいわば、師弟関係と言ってもよいような、一方的な知識の伝授で、こちらから西洋に対して何かを発信し働きかけるような相互的なものではなかった。

ところが現在では、ノーベル賞候補の常連である村上春樹は言うに及ばず、その次の世代に当たる多和田葉子、柳美里、小川洋子、川上未映子らの女性作家たちの作品が次々と翻訳され、海外の有力な文学賞を受賞、あるいはその最終候補に残るなどして、注目を集め始めている。このような状況に至るまでには、いったいどのような経緯があったのだろうか。少し時間をさかのぼって考える必要がある。

日本文学が西洋人に読まれるには、日本語で書かれた文章が西洋語に翻訳されなければならない。とくに英語である。英語に翻訳されれば、他の言語に重訳されて読者の数と地域をさらに増やす可能性が出てくる。しかし、日本語は西洋語とは語彙的にも、文法的にも余りにも違うので、そこには大きな隔たりがある。もし西洋人がその隔たりを埋めるとすれば、必然的に日本語にかなりの程度精通し、なおかつ翻訳する作品の文学的本質を見極める感性と、それを自分の言語（訳者の自国語）に移し替えるのに十分な言語能力、とくに文学的表現力の両方に優れた翻訳者がいなくてはならない。

一九六八年に川端康成が、日本人で初めてノーベル文学賞を受賞した際、ノーベル賞の半分は、訳者サイデンステッカー教授のものだ、という趣旨のことを述べたが、この言葉はそのような現実を如実に物語っている。川端作品の海外での認知が、エドワード・サイデンステッカーの翻訳を通じてでしかありえなかったということは誰もが認めるところであろう。

実際には、川端がノーベル賞を受賞する二十年ほど前から状況が急激に変化していた。その経緯については本書IIとIIIで明らかにするが、日本の現代作品が日本語に習熟した優秀な外国人翻訳者を得たことにより、次々と海を渡り始め、川端以外にも谷崎潤一郎や三島由紀夫などの名前が海外の読書界あるいは文学界に次第に浸透していくようになる。むしろ、川端のノーベル賞はこのような変化の象徴的な出来事に過ぎなかった。

とりわけエドワード・サイデンステッカーとドナルド・キーンは、作品の良し悪しを見極める鑑識眼、文化的背景に関する知識といった点でも抜きんでており、この二人の日本文学研究者を得たことは、日本の戦後文学にとってはこの上ない僥倖であった。彼らは、日本文学の優れた翻訳者であるだけでなく、日本文化の良質な理解者あるいは研究者として、その後長きにわたってその該博な知見を世界に向けて発信し続けたのである。

翻って、それまでの海外における日本文学の受容はどうだったのだろうか。これについては第1章で詳しく述べるが、特筆すべき事実として、アーサー・ウェーリーの『源氏物語』の英訳がある。イギリスで一九二五年にその最初の巻が出版された。実は、キーンとサイデンステッカーの日本文学研究の出発点はこのウェーリー訳『源氏物語』であった。キーンは太平洋戦争の始まる直前に、サイデンステッカーは戦時中に、それぞれほぼ偶然に英語版『源氏物語』に触れることとなり、二人ともすぐさま『源氏物語』の不思議な魅力の虜になったのである。

英訳『源氏物語』は出版されると間もなく、ヨーロッパで評判となり、源氏ブームあるいは紫式部ブームが沸き起こった。しかしこの現象はいわば単発的で、これをきっかけに日本文学全般への理解が急速に広がったというわけではない。とくに日本の同時代文学への関心は薄く、むしろ江戸時代の俳句が二十世紀初頭の欧米の現代詩に影響を与えていたような状況である。

十九世紀のジャポニスムの流行もそうであるが、日本文化や芸術への関心は「今の日本」ではなく、むしろ「昔の日本」に向いていたといえる。したがって二十世紀前半の段階では、一部の例外的な事例を除いて、文学における日本の現代作品はその存在さえ認識されていなかったと言ってよい。[1]

しかし明治時代にまでさかのぼると、当時イギリス大使館員として日本に駐在していたW・G・アストンが一八九九年に *A History of Japanese Literature*（『日本文学の歴史』）という一冊を書き残している。当時としては大変珍しいテーマに取り組んだ労作であるが、ここで扱われているのは、古代から、この本が出版される前年の一八九八年までで、具体的には、『万葉集』から、明治期の坪内逍遥や福沢諭吉らとその周辺にいた文学者たち、すなわち尾崎紅葉、幸田露伴、徳富蘆花、山田美妙までである。それ以外で取り上げられているのは、ほとんどが今日ではあまり読まれることもないような無名の作家や作品であった。出版されたのはウェーリー訳の『源氏物語』と同様に、イギリスにおいてであった。

著者アストンにしてみれば、自分が現地で実際に知り及んだ同時代の日本文学の状況を伝えているつもりなのだろうが、残念ながら、この本が出版された直後つまり一九〇〇年代になって一気に頭角を現す、鷗外や漱石、藤村などの重要作家に一切触れることはなかった。それでも、一九五三年にドナルド・キーンが *Japanese Literature: An Introduction for Western Readers*（『日本の文学』）を出すまでは、英語による日本文学の概説書はこの一冊しかなかった。

『日本の文学』までの足取り

アストンの『日本文学の歴史』からキーンの『日本の文学』の間には約半世紀の時間が流れた。その空白に、状況を一変する出来事が起こる。戦争である。キーンとサイデンステッカーが日本語を本格的に学び、その結果、日本学の研究者となる契機をつくったのは、皮肉にも日米が激しく戦火を交えた太平洋戦争であった。一九四一年の真珠湾攻撃の直後、日本軍との本格的な交戦に備えて、急遽アメリカ陸海軍は日本語学校をそれぞれに創設した。キーンとサイデンステッカーは海軍日本語学校に入学し、日本語の集中特訓を受ける。受講者のほとんどが、わずか十四カ月で日本語の新聞が読めるまでになったという。その後二人は日本語情報士官として太平洋上の戦地をめぐり、戦争が終了したのち占領軍の一員として日本にしばらく滞在した。

日本で軍務を終えると、二人はアメリカに帰還し、いずれもコロンビア大学とハーバード大学で日本学を学びなおした。ちなみに、ハーバードでは両者とも、のちに駐日大使を務めることになる日本史学者ライシャワー教授の薫陶を受けており、またさらに日本人教師角田柳作に教わることで、日本の文学と文化についての深い理解と知識を得ることができた。とくにキーンにとっては、角田はコロンビア大学大学院での修士課程の恩師でもあり、生涯で最も大きな影響を受けた教師の一人であると自らの著書に書いている。[2]

二人はその後、フォード財団の奨学金を得て再び来日し、サイデンステッカーは東大で、キーンは京大で日本文学を学んだ。この時期に日本の近現代文学の主要部分のほとんどを読破したと、サイデンステッカーはのちに回想している。[3] いずれにしろ、この時期に積み上げた学殖が彼らの文学上の業績の基盤を形成したことは間違いない。またこの日本留学時代に二人は親しくなり、キーンが京都から東京を訪れた際はサイデンステッカーの下宿に、またサイデンステッカーが東京から京都を訪れた際はキーンの下宿に泊まったという。

通常どの国の文学もそれを学ぶには現代語とあまり変わりのない近代以降の作品から入るのが定石と思われるが、彼らの場合は、古典が日本文学の入口であった。前述のように、彼らの日本研究の出発点にはウェーリー訳『源氏物語』があった。

ウェーリーの英訳は、ディテールの正確さはさておき、ストーリー展開の肝要部分、さらには人物描写と情景描写は見事であった。原文の流麗さをごく自然な英文に移し替えることで、平安朝の優雅な雰囲気を西洋人の読者に伝えるに十分な魅力を備えていたといえるだろう。キーンとサイデンステッカーは、ウェーリー訳『源氏物語』によって自然に日本文学の世界へと導かれていったのである。

『源氏物語』の魅力はそれに留まらず、二人の日本文学研究の方向性までも左右した。キーンとサイデンステッカーの最初の業績は、いずれも日本の古典作品に関するものであった。キーンがコロンビア大学で書いた博士論文は近松門左衛門の『国姓爺合戦』についてであり、サイデンステッカーが最初に出した翻訳本は『蜻蛉日記』であった。彼らの関心は明らかに日本の古典の方に向いていたのである。

サイデンステッカーの場合は、外交官として日本に一時滞在していた時期（一九四八〜五〇年）に、初めて日本語で読んだ日本文学が『蜻蛉日記』だった。この作品を選んだのは、それが『源氏物語』と同じく平安時代に書かれたものであったからという単純な理由であった。サイデンステッカーは、宿舎としていた第一ホテルの部屋に、古典文学専門の日本人大学教授を招いて、個人指導を受けながらこの作品を原文で読んだという。[4]

片やキーンは、コロンビア大学の修士課程で角田柳作の教えを受けた際に、教材として取り上げられていたのが中世から近世の日本の文学や思想などの文献であった。そのため、その後も違和感なく古語で書かれた古典文学に接することができた。角田柳作は、コロンビア大学における、さらにはアメリカにおける日本研究に多大な貢献をした人物で、キーンはもとより、サイデンステッカーもその温和な人柄と博学に敬意を表している（角田については第1章で詳述する）。[5]
サイデンステッカーが日本人教授と共に『蜻蛉日記』を読んでいた外交官時代、キーンはイギリスのケンブリッジ大学で日本文学の研究を続け、そのかたわら一九五二年には同大学で日本文学について五回の講義を担当している。二百五十人収容の大きな教室に受講者はわずか十人だったという。この時の講義内容をまとめ、翌年イギリスの出版社から先述の『日本の文学』を出版することとなった。

彼ら二人は日本研究の出発点が同じではあったが、次第にその方向性と傾向が異なっていくこととなる。それは、日本の文学者や知識人たちとの関係の持ち方の違いにも現れており、キーンは日本文学界の中心部分に参入し、サイデンステッカーは文学からさらに社会や政治に関心を広げていく。この辺りの事情についてはⅡで詳しく述べることにする。

それに先立ちⅠでは、先述の日本文学研究の空白の半世紀、つまりアストンの『日本文学の歴史』（一八九九年）からキーンの『日本の文学』（一九五三年）までの状況について考える。その際、日本の現代作品としては最も早く海外の読者の目に触れることとなった『蟹工船』と『麦と兵隊』の翻訳の経緯を明らかにしていく。いずれの作品もアメリカで出版されたのは太平洋戦争が始まる前のことであった。ここで見えてくるのは、この時代の日本文学とその海外への進出が、当時の国際情勢に少なからず影響を受けていたという事実である。

註

1 本書では「現代作品」とか「現代文学」という場合の「現代」という概念は、便宜的に一九〇〇年以降に発表された文学作品についていう。これは、通常の文学史的な区分によるものではなく、第一章で扱う国際文化振興会刊『現代日本文学概説』の定義に、便宜的に従ったものである(この本については、20頁参照)。戦前に英訳された作品として、一九〇四年にニューヨークで出版された徳富蘆花の「不如帰」と、一九二八年に同じくニューヨークで出版された岡本綺堂の『修禅寺物語』があるが、前者は原作が書かれたのが一八九八年で『現代』作品とはみなされないという理由で、後者は歌舞伎作品であるという理由で、本書では扱わない。また、日本の出版社から翻訳刊行されたものに関しては、海外への浸透力という点でほとんど意味を持たなかったと思われるので、これも除外する。

2 ドナルド・キーン『日本語の美』(中央公論新社、二〇〇〇年)一四七頁。

3 エドワード・G・サイデンステッカー『流れ行く日々―サイデンステッカー自伝』(時事通信社、二〇〇四年)、一二三頁。

4 サイデンステッカー、九九頁。

5 サイデンステッカー、七七、一〇九頁。

I　大戦前　戦略としての文学

第1章 国際文化振興会と角田柳作

満洲事変以降、日本に対する欧米からの風当たりが急激に強まる。その背景には、日本の中国侵略に対する警戒という欧米列強の政治的思惑があったが、その一方で、マスメディアの現地からの報道によって「軍国日本」という負のイメージが大衆の間に広まっていた。このような状況を打開するため、日本政府はいわばイメージアップ戦略に乗り出した。それを担うことになるのは、政府主導で外務省が設立した「財団法人国際文化振興会」である。[1] その「設立趣意書」にはこう記されている――

現代世界の国際関係が複雑を加えるに従って難問重畳すると共に其の間に微妙の動きあることは国際事情を知る者の容易に看取し得る所なり。即ち政治的折衝又は経済的交渉の外に国民相互の感情、学問、芸術上の連絡乃至映画、スポーツの交歓等々交通、通信の発達につれて日に重要且つ密接に国際関係を左右するを見る。されば一国家がその国際的地位を確保し伸長するには富強の実力と相並びて自国文化の品位価値を発揮し他国民をして尊敬と共に親愛同情の念を催さしむるを要することまた多言を要せず。[2]（堀が現代表記に改めた）

この趣意書の日付は、「昭和九年四月」つまり一九三四年四月である。一九三一年には満洲事変が起こり、一九三二年には現地の日本軍（関東軍）が傀儡の「満洲国」の独立を宣言。中国の提訴により、国際連盟はリットン調査団を派遣しその報告書が総会に提出された。総会では、満洲国の独立が否定され、日本軍の占領地域からの撤退が勧告された。これを不服とする日本は、一九三三年三月に国際連盟を脱退する。

この一連の流れが、右記引用の中の「国際関係が複雑を加えるに従って難問重畳する」ということになるのだろう。そのような中で新たに設立された組織「国際文化振興会」の目的は、日本の「国際的地位を確保し伸長する」ことであり、それには「自国文化の品位価値を発揮し他国民をして尊敬と共に親愛同情の念を催さしむる」ことにあるとしている。

会長には外務大臣の指名を受けて当時の貴族院議長でありのちに総理大臣となる近衛文麿侯爵が就き、外務文部両省により財団法人の認可を得て、同振興会は一九三四年四月一日付で正式発足することとなった。「事業要綱」には、「日本並びに東方文化」を世界に伝え、認知・理解を促すため、関連図書の外国語による出版、講座、講演会の開催、文化人の交流、外国人研究者や団体への支援、さらには日本文化に関する映画の製作などへの支援を行う旨が記されている。

とくに出版事業については支援対象の分野が具体的に列記されており、「歴史、言語、文学、学術、宗教、道徳、教育、法律、政治、経済、美術、工芸、建築、音楽、演劇、風俗、習慣、武術、遊戯等の文化活動の各部門」とある。このように、あらゆる文化領域にわたっているが、同時に国際文化振興会の考える「文化」という概念がどのような範囲に及んでいるかがわかる。それは現在の我々の文化概念とはかならずしも一致するものではない。ともあれ、本章では、国際文化振興会の諸事業の中で、文学の分野、特に日本文学の海外への紹介に着目してみたい。

1 『現代日本文学概説』

国際文化振興会が行った最初の事業の一つは、*Introduction to Contemporary Japanese Literature* という英文出版物の形で残っている。四八五頁から成る大著で、海外への日本文学紹介としては画期的な一冊である。そのタイトル・ページを見ると、Kokusai Bunka Shinkōkai（国際文化振興会）編とあり、その下にそれを英訳して、The Society for International Cultural Relation とある。さらに初版一九三九年一月、印刷元は研究社印刷会社と記されている。しかし、著者ないしは編者の個人名は見当たらない。なお、この本については、これ以降、私が日本語に訳したタイトル『現代日本文学概説』という形で言及する。

中身に目を通すと、この本は、近現代作家の作品の梗概を集めたものであることがわかる。取り上げた作家の数は六十九人で、作品数は八十四作となっているので、作家によっては複数の作品が取り上げられていることになる。「まえがき」を読むと、多くても二作品以上は取り上げていないとある。作品の選択に関しては、「芸術的達成ではなく、その作品がいかに正確に時代状況や傾向を映しているか」を基準にしたとある。選んだ作品の発表時期は、一九〇二年から一九三五年までと明記しているが、それは日本が世界の表舞台に登場し始めてから現在までということらしい。言い換えれば、日英同盟締結以後の三十四年間ということになる。[3]

梗概を書いた人物の名前も明記されている。「日本では高名な現代文学の研究者である」とする片岡良一、塩田良平、湯地孝の三名。翻訳者としてKenji Hamadaの名が記されており、伊藤博文の伝記を書いた人物と説明されているが、それ以外には氏名の漢字も含めて不明である。[4] 編集顧問として、正宗白鳥、谷川徹三、千葉亀雄の三人の批評家、英訳の協力者としてP・D・パーキンスの名前が挙がっている。

「まえがき」の最後には、*Introduction to Classic Japanese Literature*（『日本古典文学概説』）も近々刊行予定とあるが、この本が実際に出版されたのは、戦後になってからの一九四八年であった。日米開戦とその後の戦局の悪化が影響したものと思われる。

梗概の執筆にあたった三人の人物をどのように選出したのかは定かではない。いずれも東京大学国文科卒で、批評ではなく学問として文学を研究するという方向性を示したという意味で、近代文学研究の基礎を築いた人物と一般的に目されることが多い。さらには、塩田良平は日米開戦後に日本政府と大政翼賛会の勧奨により設立された日本文学報国会の総務部長を務めているところから、体制寄りの人物であったことは推測できる。もっとも、この時期の日本の文学者は、ほとんどがこの日本文学報国会のメンバーになっているのであるから、体制寄りなのはその程度の違いでしかない。他方、片岡良一は、この本に四十二頁に及ぶ「序章」を書いているので、この事業の中心的役割を果たしたと思われる。「序章」については後ほど詳しく触れる。

収録された六十九人の作家のうち、二作取り上げられたのは次の十二人である——夏目漱石、森鷗外、徳田秋聲、田山花袋、正宗白鳥、菊池寛、志賀直哉、芥川龍之介、佐藤春夫、武者小路実篤、山本有三、島崎藤村、谷崎潤一郎、川端康成、横光利一、永井荷風。おそらくこれらの作家たちが、一九三五年時点で、重要不可欠と思われたのであろう。現在からみても、それほど違和感のない選択だと思われる。ちなみに、この本では発表年代順に作品が紹介されているが、その筆頭は、国木田独歩の「酒中日記」（一九〇二年）で、最後に登場するのが、坪田譲治の「お化けの世界」（一九三五年）である。

『現代日本文学概説』が扱っている一九〇二年から一九三五年のあいだの三十四年間は日本文学が近代から現代へ移り変わる重要な転換期で、ここに選ばれている作品のラインナップを詳細に眺めるとまことに興味深い。独歩、漱石、鷗外、芥川、志賀は、日本の近代文学の充実期を飾る作家たちであり、明治大正の知識人作家が西洋文学の影響を強く受けながら、日本語の文体を確立し、その一方で己の自我の奥底に測鉛を下ろし続けたという点でその後の日本文学の行く末を決定づけた。一方、花袋、藤村に始まる自然主義文学は私小説という独特のジャンルを日本文学の中に定着させたという点で重要である。前述の大作家たちに比べるとやや小粒に思えるが、私小説作家の宇野浩二、近松秋江、葛西善三、嘉村礒多などの作品を取り上げているのは、その点を考慮したうえでの選択にちがいない。武者小路実篤、有島武郎などの白樺派も忘れずに加えている。まさに編者の言うとおり、これらの作品が「正確に時代状況や傾向を反映している」という点では大方間違いなさそうである。

また横光利一や川端康成などの新感覚派、さらには谷崎潤一郎や永井荷風の耽美派、独特の作風で異彩を放った佐藤春夫なども無視できない存在として二作ずつ取り上げている。特に谷崎と荷風は、作品が発禁処分を受けた経験があるだけでなく、軍国主義に背を向けていたという点で、政府にとっては良からぬ作家ではあったが、その重要性は無視できなかったに違いない。

それだけではない、注目すべきはプロレタリア文学の扱いである。最も警戒すべき、あるいは最も戦時体制にとって不都合である作家たちが五人も取り上げられている。具体的には、中条百合子(のちの宮本百合子)、葉山嘉樹、藤森成吉、小林多喜二、徳永直の面々である。

一九二〇年代後半から一九三〇年代前半にかけて、共産主義運動に対する政府の弾圧はますます強まっていた。一九二八年三月十五日の左翼運動家の一斉検挙はその象徴的な事件であった。さらには、一九三三年二月の特高による小林多喜二の拷問の末の殺害は大きな波紋を生じさせた。この本に取り上げられたプロレタリア文学作品は、ちょうどその時代に書かれたものである。なぜ、国際文化振興会はこれらの反体制的な作品をこれほど多く収録したのだろうか。

たしかに、この時期のプロレタリア文学は、同時代の私小説や新感覚派の文学を凌駕するほどの勢いがあった。弾圧が本格化するまでは、つまり「転向」が始まるまでは、日本文学の主流であったといっても過言ではない。一九二九年「改造」の懸賞論文にのちの共産党幹部宮本顕治が当選し、小林秀雄が次席であった事実はそれを象徴している。しかし、プロレタリア文学をなぜ五作品も取り上げる必要があるだろうか。本が出版されたのは、すでに多くのプロレタリア作家たちが転向した後のことである。

ちなみに、前に言及した作家以外に『現代日本文学概説』に取り上げられた作家は以下のとおりである——真山青果、岩野泡鳴、長塚節、木下杢太郎、鈴木三重吉、吉井勇、倉田百三、久米正雄、有島武郎、小川未明、小山内薫、林芙美子、里見弴、長与善朗、池谷信三郎、岸田國士、室生犀星、久保田万太郎、十一谷義三郎、龍胆寺雄、野上弥生子、林房雄、佐佐木茂索、細田民樹、直木三十五、小島政二郎、中川与一、石坂洋次郎、上司小剣、大佛次郎、豊島与志雄、島木健作、武田麟太郎、船橋聖一、片岡鉄平、宇野千代、張赫宙。[5]

2 国際文化振興会の試み

国際文化振興会が『現代日本文学概説』の編集を終えたのは、一九三五年のことである。このことは、「まえがき」の後に掲げられた「編集者の言葉」（日本の出版物では編集後記にあたる）の最後に明記されている。他方、小林多喜二が死んだのは、一九三三年であり、『蟹工船』が日本で出版されたのはその四年前の一九二九年である。多喜二の死亡は、新聞各紙がほぼ同時に報道しており、広く一般大衆にまで伝わっていた。

ここで注目したいのは、『現代日本文学概説』出版の二年前に『蟹工船』の英訳版が英米の出版社を通じて刊行されていただけでなく、その本の末尾に小林多喜二の獄中死を伝える一文が掲載されていた事実である。それには「警察に殺された小林多喜二」（"Takiji Kobayashi Murdered by Police"）というタイトルが付けられ、その長さは英文で三頁ほどもある。

英訳版の『蟹工船』が出版されたのは一九三三年で、同じ年に多喜二は殺された。したがって、この一文は殺害の直後に、急いで英訳版『蟹工船』に書き加えられたものと思われる。誰が書いたかについては、英訳版の中には情報がない。実は作品の翻訳者名すら記載されていなかったのである。しかし、その内容は実に克明に多喜二の死体の様子を伝えており、彼の死が警察による拷問のうえでの虐殺であったことがはっきりわかる。例えば次のような記述はどうであろう。

写真を見ると、額には赤く焼けた火箸で焼かれた痕がはっきりと見え、首の周りには細いひもで絞められた痕跡が残っている。両手首には深い手錠の痕、そのうえ一方の手首は右側に捻じ曲げられている。背中じゅうに打たれた傷があり、両膝から上は内出血によって紫色に膨れ上がっている。[6]

さらに、仲間たちが遺体の検死を大病院のいくつかに依頼したが、そのすべての病院から断られた事実、そしてそれが警察の命令によるものであったことも伝えており、多喜二の死が尋常でないことがまざまざと伝わってくる。実は、この一文を書いたのは、『蟹工船』の英訳者マクスウェル・ビカートンであった。この人物については、次章で詳述する。

ビカートンは、日本共産党と深い関係にあった。そのため死後すぐに撮影された多喜二の死体の写真を見ることができただけでなく、それ以外の経緯も他の党員から知ることができたのだと思われる。さらに、この文章は多喜二の死の直後、短時間のうちに書かれ、アメリカに送られたのだと推測される。そうでなければ時間的に、英訳本に収録することはできなかったはずである。

それにもかかわらず、この英語で書かれた一文は、当時の日本の新聞の記事のどれよりも、状況を詳しく伝えている。英訳版『蟹工船』の出版の直後に、英米五社の主要な新聞・雑誌が書評を載せたが、[7]私が直接調べることができた四点のどれもが、多喜二の殺害の事実に触れている。このことから推測すれば、日本のプロレタリア作家が警察の拷問の末に殺害されたことを知る者は、一九三三年当時の欧米に少なからずいたということになる。

欧米においては、満洲事変以降の日本のファシズム化に対する警戒感と反発は政治的なレベルだけでなく、報道を通じて一般の民衆にも広がりつつあった。そのような中で、多喜二の拷問死は日本のイメージをさらに低下させる可能性がある。このような状況を放置しておけば日本の国際的な立場がますます悪化する。こうした判断が外務省ないしは国際文化振興会内にあったと思われる。

そのような判断が『現代日本文学概説』出版の背景にあったとすれば、小林多喜二を含めたプロレタリア作家五人をこの本で取り上げた理由が見えてくる。日本はそれほど軍国主義国家でもなく、たとえ彼らのような反体制的なイデオロギーを持つ文学であっても、この本に収録されているように、正当に評価され存在し得るのである、というメッセージを海外に伝えたかったのではないだろうか。

先述のように、『現代日本文学概説』には片岡良一による四十二頁に及ぶ「序章」が掲載されている。その中でプロレタリア文学については、約五頁にわたって詳しく論じている。その起源から一九三五年に至るまでの経緯を、多くの作家名を挙げながら説明している手際の良さは驚くほどである。その数は四十人ほどにのぼるのだが、現在では忘れ去られたような作家名も含んでおり、当時どのようにしてこれらの作家の名前を把握したのか、特高の協力があった可能性も否定できない。

片岡良一は大まかには、次のように説明している――大正デモクラシーの自由主義的な機運に乗じて社会主義に基づいた作品が書かれるようになり、様々な流派が生じたが、やがて互いに対立するようになる。一九二三年の関東大震災の混乱の後、一九二八年には共産主義的主張を持つ部分を統合して「統一戦線」（全日本無産者芸術連盟＝ナップ）が組織され、プロレタリア文学が隆盛する。その「一九二七年から二八年までの圧倒的な」勢いは、従来の「伝統的な文学」を凌駕するに至る。ところが、一九三〇年代に入ると、プロレタリア文学内に空想的急進主義や文学的価値を蔑視する風潮が現れ、さらには国際情勢の変化や政治的圧力とともに衰退の一途をたどっている。

こう説明したうえで、「今日のプロレタリア作家たちには、深い絶望感と精神の萎縮の傾向が見られる」、「現状では将来への希望を支えるものは何もない」などと、この文学ジャンルの衰退を強調している。[8] しかし、政府による激しい弾圧には全く触れていない。プロレタリア文学が衰退した大きな原因の一つが、警察による一斉検挙、拷問、そのうえでの殺害など暴力的圧迫であったことは、今ではだれもが知るところである。

それ以外の文学史的事実に関する説明は、大方妥当なものであり、この時代にしてはよく分析・整理していると思われる。少し気になるのが、文中に「我々の伝統的文学」あるいは「我々の文学」（傍線筆者）という表現が混入しており、それがプロレタリア文学の説明の部分であったことは、留意すべきかもしれない。[9]

どうやら、片岡良一は、夏目漱石周辺の「有閑派」（Leisure School）や白樺派、自然主義から派生した私小説などの個人主義的傾向を持つ日本文学の一連の流れを、「我々の」文学と考えているようである。そしてそれとの対比で、「我々の」とは異質のものとしてプロレタリア文学をとらえていることが、はしなくも露見しているように思える。

さて、小林多喜二の「蟹工船」であるが、この作品の梗概を書いたのも片岡良一である。作品のあらすじを要領よく書き綴ったのちに、作品解説を行っている。そこでは、プロレタリア文学としてこの作品の意図するものをほぼ正確に示したうえで、それがいかに表現されているかを的確に説明している――「このことを実現する為に、小林は彼の叙述を最後の最後まで、特定の個人に焦点を合わせることなく、集団の動きに集中させることで、個々の人物描写と環境が渾然一体となる手法を編み出した」。そして「蟹工船」は、「この国のプロレタリア文学を代表する最良の作品」であり、さらには「この国の現代文学における技術上の集大成」であると称賛している。[10]

この解説は今から見ても的確で、ほぼ正当なものとみてよいだろう。しかし、この梗概においても、まるで隠蔽糊塗したかのように、多喜二の拷問死については一切触れられていない。ただ最後に掲げられている作家の略歴の中、「一九三三年に逮捕され獄中で死亡」とだけある。この『現代日本文学概説』だけを読んだ読者は、それがどのような死に方であったかを知ることはできない。

前述のように、『蟹工船』の英語訳が英米で出版された際、多喜二が警察によって殺害されたことを知らせる一文がその末尾に掲載されていた。つまり、すでに多喜二の殺害については海外で知られていたのであるから、まったくそれに触れないわけにもいかず、「獄中で死亡」と虚偽にならない範囲の表現にとどめたのであろう。いずれにしろ、プロレタリア文学については、日本政府の寛容さを海外にアピールする意図は大いにあったものの、そこにはおのずと限界があったということになる。

ところで、「まえがき」には次のようなことが書いてあった——「もしこれらの梗概をお読みになって、その中に完全な翻訳を是非とも読みたいと思われるような作品がありますならば、私どもは大変うれしく思います」。振興会はこの本をきっかけに日本の現代文学作品が翻訳され、欧米で普及する、ひいては日本の文化に対する理解が海外に広まることを望んでいたのである。

この本の表題は *Introduction to* <u>*Contemporary*</u> *Japanese Literature* であった。'Contemporary'（「現代」ないしは「同時代」）とは、前述のように、本書の「まえがき」で一九〇二年から一九三五年までのあいだと限定している。実は、この期間に発表された作品で英訳されたものは、一作しかなく、それが『蟹工船』であった。出版されたのは前述のとおり、『現代日本文学概説』が出版される二年前の一九三三年のことである。

第3章で詳しく書くが、実は『現代日本文学概説』が出版された一九三五年以降に目を向ければ、英訳され海外で出版された作品がもう一冊ある。火野葦平の『麦と兵隊』で、一九三九年にアメリカで出版されている。だが、原作が日本で出版されたのは一九三八年なので、当然、『現代日本文学概説』には取り上げられていない。

実際に英訳された「現代日本文学」が『蟹工船』と『麦と兵隊』しかないということは、国際文化振興会の目論見であった日本文学の翻訳普及の具体的成果は、少なくとも戦前においては、得られなかったということになる。

3　角田柳作の努力

実はここで取り上げた『現代日本文学概説』(*Introduction to Contemporary Japanese Literature*)は、私が偶然、早稲田大学図書館所蔵の「角田文庫」の中に見出したものであった。この本のタイトル頁には「角田柳作」の蔵書印が捺してある。「角田文庫」は、その名の通り、角田柳作の蔵書を集めたものである。

角田の経歴は大体次のようになる。一八七七年に群馬県に生まれる。東京専門学校（現在の早稲田大学）に学んだのち、日本国内各地での教員生活を経て、ハワイに渡り現地の日本人子弟のための学校で八年間教えた。一九一七年にはニューヨークに移り、コロンビア大学で学んだ。その後、日本研究のための「日本文化センター」を学内に創設することに尽力し、自らも大学で日本文化の講座を担当した。

コロンビア大学では多くの弟子を育てたが、そのなかにキーンとサイデンステッカーが含まれる。二人はハーバード大学でも角田の指導を受けた。それを礎に二人は日本文学研究を継続し、やがてコロンビア大学で、一年の半期ずつ交代で日本文学の講座を担当するようになる。彼らの研究と教育はその他の地域の大学にまで波及し、多くの日本文学研究者や翻訳者が育った。このようにして今日の日本文学ブームの基礎が築かれていったのである。

さて、『現代日本文学概説』に戻るが、角田はこの本の刊行された一九三九年にはすでにニューヨークに在住しコロンビア大学で教鞭をとっていたので、この一冊は国際文化振興会からコロンビア大学に寄贈され、日本文学の専門家である角田に回された可能性が高い。あるいは、直接角田のもとに送られたものであるかもしれない。後述するように、角田は外務省に直接出向いたことがあり、彼の名前は省内で認知されていたと思われるからだ。

いずれにしろ、角田は一九三九年当時、コロンビア大学の教員として、日本の歴史と文学を講じていただけでなく、アメリカにおける日本研究の礎を築こうと懸命に活動していた。その最初の成果がアメリカにおける「日本文化学会」の設立であり、それが発展して、コロンビア大学内の日本文化研究所、さらには日本文化の研究教育のための学部の設立にまで至ったのである。[11]

角田はその過程で多くの日本関係の資料・文献の収集に努め、また自ら講座を担当することによって、日本文化研究と教育の土台を固めた。彼のこの努力と熱意は戦後にも受け継がれ、コロンビア大学の日本研究を全米一にまで押し上げることとなる。教え子のドナルド・キーンによると、コロンビア大学内で ***sensei*** といえば角田柳作のことを指すという。日本文学・思想の教育者として欠かすことのできない存在であり、また学生からの強い要望もあり、角田はコロンビア大学で八十五歳を過ぎても教鞭をとっていた。もちろんコロンビア大学では異例のことである。[12]

キーンは角田のことを回想したエッセイを書き残している。それによるとコロンビア大学で角田は日本語を教える傍ら、日本の文学、歴史、思想を講じていた。彼の教えた日本文学はいずれも古典で、『源氏物語』、『徒然草』、『枕草子』、『卒塔婆小町』、『好色五人女』、『奥の細道』などである。また思想史については、キーンはこのように書いている。

真言仏教にしろ、朱子学派の儒学にしろ、本居宣長の神道にしろ、いずれも現代の日本を理解するに必須の知識であると同時に、人間の歴史に有意義な階段を付けられるものだとわかるようになった学生たちは、従来の西洋中心の教育の狭隘を感じ、一種知的冒険に参加するような快感を覚えた。[13]

角田の日本学の教育は、同時代のそれではなく、日本の古層ともいえる部分に重点が置かれていたが、それが却ってアメリカ人の学生たちを刺激し、その後の彼らの仕事に奥行きと堅牢さを与えることになった。その結果は、キーンやサイデンステッカーの日本古典に関する重要な業績だけでなく、現代の日本文学・文化を批評する際の洞察にまで及んでいる。

角田柳作の戦前における日本文化普及と理解のための努力は、このように大学を通じて次第に実を結ぶことになる。その一方で、角田は日本政府への働きかけも行っていた。一九二七年に日本へ一時帰国した際、彼は外務省へ足を運び、自分がやり遂げようとしている日本文化普及のための事業への支援を求めている。角田の趣旨は理解されたものの、財政的援助にまでは至らなかった。

しかし、前にも触れたように、一九三〇年代に入ると、外務省が対外宣伝活動に乗り出し、その手始めとして国際文化振興会が設立された。その活動の一環として『現代日本文学概説』刊行の企画だけでなく、ニューヨークのロックフェラー・センター内に「日本文化会館」を開設するという案が持ち上がる。時をおかずして、国際文化振興会の初代理事長樺山愛輔伯爵が一九三五年と一九三八年に、その準備のためニューヨークを訪れ、[14] 角田からも現地の状況に関する情報提供を受けたようだ。しかし結局は角田が単独で積み上げてきた成果を外務省が横取りしたような形になった。

それでも、意図するところは同じであるから、角田は協力を惜しまなかったという。[15]開館直後の一九四〇年、同会館における最初の講演会で、角田はアメリカ人の聴衆を前に「過去から現在までの日本文化観」（"Cumulative View of Japanese Culture"）という題で話している。それから一年後の一九四一年十二月八日、日米は開戦する。これをもって外務省の「対外文化工作」は少なくとも対アメリカに関しては挫折することとなった。[16]

開戦直前の一九四一年九月、角田柳作はコロンビア大学で日本思想史を教えていた。その授業を将来の日本文学者ドナルド・キーンが受講していた（授業は英語で行われていた）。当時は日本への関心が薄かったせいか、その教室にいたのは、まだ日本語をほとんど解さないキーン一人であった。それでも角田は毎回授業準備を怠らず、丁寧に指導したという。[17]

この出会いがキーンを日本文学研究へと導いていくことになる。だが、日米開戦の翌日十二月九日、角田は「敵性日本人」として拘束され、エリス島に収容される。[18]翌年三月、コロンビア大学の同僚ヘラルド・G・ヘンダーソンが身元引受人となり、職場復帰するが、その後も戦争終了まで、角田はニューヨークを出ることが禁じられ、当局の監視下に置かれた。

他方、ドナルド・キーンは日米開戦とともに海軍日本語学校で日本語を学び、日本語情報士官として太平洋の様々な戦場で日本兵の尋問、資料の翻訳などの勤務に就く。戦後帰国したのち再びコロンビア大学に戻り、大学院で角田の指導を受けることとなった。すっかり日本思想と文学に魅せられたキーンはその後も、ハーバード大学（ここでも角田の指導を受ける）、ケンブリッジ大学などで研究を続けた。

また、エドワード・サイデンステッカーはキーンと同じ海軍日本語学校で学んだ（学年は異なる）のち、海兵隊に加わって激戦地硫黄島に上陸、「たこつぼ」（一人用塹壕）のなかに身を隠すような実戦を経験した。戦争が終了すると、ハワイ、台湾を経て、日本にしばらく駐留後アメリカに帰還する。そしてキーンと同様、コロンビア大学大学院で学ぶ。二人は海軍日本語学校時代には互いに面識はなかったが、コロンビア大学の角田の講座で知り合うようになった。

アーサー・ウェーリーの『源氏物語』に始まり、太平洋戦争を経て、角田柳作という指導者にたどり着いた二人は、その後日本文学の海外への浸透という点において他に類を見ない貢献をすることになる。ともあれ、日本との戦争がなければ、彼らが日本語そして日本文学に深く関わることはなかったであろう。皮肉にも、日米開戦は日本文学の海外への浸透を一気に推し進めることとなったのである。

註

1　この組織は戦後になっても形を変えて存続し、現在では「独立行政法人国際交流基金（Japan Foundation）」となり、文字通り国際交流のための様々な活動を行っている。一九四五年以前に国際文化振興会が英文で出版したものの中で、現在、アメリカの大学図書館に収蔵されているものは以下の三点である。

A Guide to Japanese Studies: Orientation in the Study of Japanese History, Buddhism, Shintoism, Art, Classic Literature, Modern Literature (1937).

The Japanese Arts Through Lantern Slides (1937).

Introduction to Contemporary Japanese Literature (1939)、本書で扱っている『現代日本文学概説』。

その他に、一九三五年刊の左記「註2」の資料の巻末には、振興会から刊行されたものとして、次のような八点の出版物の広告が掲載されている――

『日英文本邦国際文化団体便覧』（英文タイトルは付いてない）

Dolls of Japan

Masks of Japan by Prof.Toyoichiro Nogami

A Short Bibliography on Japan

Human Elements in Ceramic Art by Kikusaburo Fukui

Summer Palace and Lama Temples in Jehol by Dr. Tadashi Sekino

Some Old Kyoto Gardens and Their Thought by General Charles H. Sherril

Art of the Landscape Garden in Japan by Dr. Tsuyoshi Tamura

（上記七点の日本語タイトルは省略）

2　国際文化振興会、『財団法人国際文化振興会設立経過及昭和九年度事業報告書』（国際文化振興会、一九三五年）十一頁。

3　序章でも言及したとおり、日本文学を英語で海外に紹介した文献は、過去にもあった。一八九九年に日本の英国大使館員W・G・アストン（W. G. Aston）が書いた『日本文学の歴史』（*A History of*

Japanese Literature）である。同書が扱っているのは、古代から一八九八年までであった。国際文化振興会は、この本のことを意識していたか否かは定かではないが、アストンのこの著作と振興会の『現代日本文学概説』とを合体すれば古代から一九三五年までの日本文学の全貌をほぼ概観することが可能である。

4 Kokusai Bunka Shinkōkai, *Introduction to Contemporary Japanese Literature*, Tokyo: Kokusai Bunka Shinkōkai, 1939 p. iv. 言及されている Hamada の著作は *Prince Ito, Japan's Greatest Statesman*, Tokyo: Sanseido Co., ltd., 1936 と思われる。

5 張赫宙は名前から朝鮮人であることがわかる。『現代日本文学概説』の中では、Cho Kok Chu と綴ってあったが、日本読みでは「チョウ・カクチュウ」である。収録された中では、唯一の外国人名である。この背景には、植民地出身の作家も収録することによって、日本の植民地政策の正当性を海外に印象付ける目的があったと思われる。張は、プロレタリア作家として出発したが、戦時体制下で次第に国策に従うようになる。一九三九年には、大陸開拓文芸懇話会に参加し、一九四三年には皇道朝鮮研究委員会委員になっている。このような経歴のためか、戦後、韓国国内で激しい批判を浴びた。この作家については、評論家の岸間卓蔵氏から直接ご教示を得たが、同氏はまた「江古田文学」九四号に載せた評論の中でも張に触れている。岸間卓蔵、「文芸復興前史」同誌九四号、四三頁。ちなみに『現代日本文学概説』の中で取り上げている張の作品は、一九三三年六月に改造社から出版されている。

6 “Takiji Kobayashi murdered by Police,” *The Cannery Boat by Takiji Kobayashi, and Other Japanese Short Stories*. Greenwood Press, 1968. Rpt. of *The Cannery Boat by Takiji Kobayashi and Other Japanese Short*

Stories. International Publishers, 1933, p. 270.

7 五社のうち堀が実際に当たることができた書評は以下の四点である。*Times Literary Supplement*, Sep.14,1933, p.613. Robert Cantwell, "Can You Hear Their Voices?" Review of *The Cannery Boat by Takiji Kobayashi, and Other Japanese Short Stories* [by Takiji Kobayashi, et al], *The New Republic*, Oct. 18, 1933, pp.285-286; "Japan's Proletariat," Review of *The Cannery Boat by Takiji Kobayashi, and Other Japanese Short Stories* [by Takiji Kobayashi, et al]; *The New York Times*, Oct. 3, 1933, pp. 285-286; Isidor Schneider, "Japanese Proletarian Writers," Review of *The Cannery Boat by Takiji Kobayashi, and Other Japanese Short Stories* [by Takiji Kobayashi, et al]. *The Nation*, Jan. 3, 1934, pp. 25-26.

8 Kokusai Bunka Shinkōkai, *Introduction to Contemporary Japanese Literature*, Tokyo: Kokusai Bunka Shinkōkai, 1939, p. XXXVI.

9 最初に使用しているのは、「〔プロレタリア文学の〕勢力が我々の伝統的な文学サークルの諸々をほぼ圧倒しているかの観がある」という文の中であり、もう一箇所は、「自然主義以来の我々の文学」という言い方で現れる（下線部筆者）。Introduction to Contemporary Japanese Literature, Tokyo: Kokusai Bunka Shinkōkai, 1939, pp. xxxiv-xxxv.

10 *Ibid.*, p288.

11 コロンビア大学日本文化研究所が一九三八年に改称され、「中国・日本学部」として正式に学部組織に組み込まれた。

12 ドナルド・キーン『日本との出会い』（初版一九七五年）、一三九頁。

13 前掲書、一四四頁。

14 樺山の次女は、吉田茂の側近であった白洲次郎の妻正子である。戦後は随筆家として活躍し、小林秀雄や青山二郎、画家の梅原龍三郎ら多くの文化人と親交があった。

15 荻野富士夫『太平洋の架橋者角田柳作——「日本学」のSENSEI』（芙蓉書房出版、二〇一一年）、一〇六頁。

16 「対外文化工作」という用語は国際文化振興会が用いた。芝崎厚士、『近代日本と国際文化交流——国際文化振興会の創設と展開』（有信堂高文社、一九九九年）、一三四頁。

17 ドナルド・キーン『日本語の美』（中央公論新社、二〇〇〇年）、一四七頁。

18 エリス島（Elis Island）は、ニューヨーク・マンハッタン島の南岸近くにある小島で、一八九二年から一九五四年まで移民局が置かれ、流入する移民たちの入国審査を行っていた。その建物は現在でも保存されている。第二次大戦当時、その施設の一部が収容所として利用された。

第2章　国際共産主義と「蟹工船」

1　最初に英語に訳された現代日本文学

「蟹工船」は一九三三年に、*The Cannery Boat by Takiji Kobayashi and Other Japanese Short Stories* という英文タイトルで、アメリカとイギリスで同時に出版された。アメリカの出版社はニューヨークのインターナショナル・パブリッシャーズ社（International Publishers）であり、イギリスはロンドンのマーティン・ローレンス社（Martin Lawrence）であった。実は、両社は大西洋をまたいだ兄弟会社である。本の内容はタイトルにあるように、「小林多喜二作「蟹工船」とその他の日本の短編」である。[1]「蟹工船」は表題作になっているが、実際には、原作の約七割に短縮されている。

前述のように、太平洋戦争前は、日本の同時代文学の英訳が外国で出版されること自体が極めて稀であった。欧米では同時代の日本文学がいかなるものであるか、それどころか日本に現代文学が存在するのかどうかさえ不明であった。そのような時代に「蟹工船」は英訳され英米の出版社から出版されたのである（日本人が英訳し国内で出版された作品であれば他にも例がある）。その詳しい経緯に関しては後述するとして、まずは、英訳「蟹工船」が当時どのようにして英語圏で受け入れられたのか、その点から見てみたい。

英語版「蟹工船」は英米で出版されるとすぐに反応があった。主要新聞・雑誌のなかで、筆者の調べではイギリスの『タイムズ・リタラリー・サプルメント』（*Times Literary Supplement*）が一番早く、一九三三年九月十四日に掲載している。二五〇語ほどの短い書評である。そのなかで「日本の漁夫たちの労働環境を力強く活き活きとした描写で捉えている」と、多喜二の筆力に言及している。それに加え「この若い作者は最近殺害された」ことも伝えている。[2] この殺害の事実は他の書評でも触れられているのだが、前述したとおり、それはこの本の最後に、「警察に殺害された小林多喜二」（"Takiji Kobayashi Murdered by Police"）と題された一文が添えられているからである。[3]

アメリカの書評は三点を入手できた。まずは、同年十月十八日の「ニュー・リパブリック」（*New Republic*）誌である。書評したのは、ユダヤ系の作家・批評家ロバート・キャントウェルである。批評家としては当時アメリカ国内ではよく知られた存在で、エドマンド・ウィルソンやマルカム・カウリーなどの左翼文学者たちとも親交があり、彼自身も左翼運動に加担した。

英訳『蟹工船』に収録されていた他の短編作品については、「誇張されたプロパガンダ」「推敲されていない」「西洋の読者には理解不能」などと酷評するが、「蟹工船」に関しては、「天才作家の今後を予想させる作品」とし、さらに「この作品はアメリカ文学でいえば『ジャングル』に相当するが、小林多喜二はシンクレア〔アメリカの作家アプトン・シンクレアで、『ジャングル』の作者〕をはるかに凌ぐ技量の持ち主」と絶賛している（〔　〕内、堀）。[4] さらには、「小林の文章がもつ新鮮さと躍動感は翻訳を通じてであっても充分に伝わってくる」とし、具体的には次のような箇所を取り上げている。以下に原文と英文とを併記する。[5]

広い海の面が旗でもなびくように、うねりが出てきて（原文一六頁）

the sea took on the appearance of a vast waving flag（英訳一二頁）

溺死者が両手を振っているように、揺られに揺られている二本のマストだけが遠くに見える（原文一八頁）

in the distance could be seen its two masts as they rocked up and down like a drowning man waving his arms（英訳13頁）

何千匹の鮫のように、白い歯をむいてくる波（原文一八－一九頁）

[the waves] attacking like thousands of sharks with white teeth bared（英訳13頁）

このような箇所を引用して評者キャントウェルは、「これらはしばしばメルヴィルをさえ想起させる」とまで書いている。そして書評の最後では、「あらゆる文学運動の中で、この作品こそが最も必要とされるものであり、政治よりもむしろ文学に関心のある者なら、この新たな始まりを無視するわけにはいかないであろう」と結んでいる。[6]

次に十二月三日掲載の「ニューヨーク・タイムズ」である。評者の名前は記されていないが、「日本のプロレタリアート」“Japan's Proletariat”という見出しが付いている。書き出し部分で、いまだアメリカではプロレタリア文学の在りようが確定していないが、そのような中で、この一冊は「帝国主義の野蛮な搾取に対する日本の労働者たちの闘いを謳いあげるものとして」多くの読者に満足を与えるであろう、とプロレタリア文学としての価値を明確に認めている。その一方で、「蟹工船」以外の他の収録作品は「ぎこちなく、注目に値しない」と切り捨てている。多喜二の作品は、秀逸の描写力、形式とスタイルに関する優れた感覚という点で群を抜いているという。[7]

最後に一九三四年一月三日掲載の「ネーション」誌である。六五〇語と最も長く、黒島伝二や片岡鉄平などによる他の収録作品にも言及している。評者はイシドア・シュナイダーで共産党系の詩人・批評家（ユダヤ系）である。その冒頭に「数年前の日本ではプロレタリア作家が人気を博していた」とある。これは一九二〇年代のプロレタリア文学隆盛に言及しているものだが、このような日本国内の文学情報をシュナイダーがどのように入手したのか興味深い。おそらく彼がアメリカ共産党と深い関係があったため、コミンテルン（第三インターナショナル）を通じて得たのではないかと推察される。

彼は強く主張する、「現在の政治状況に関心のある者はすべて、これを読むべきである。この一冊は日本の状況下における革命運動の様相を描く中で、運動の国際性とはいかなるものかを見事に明示している」、また、「革命運動の力と勇気と持続性を、ファシストの反動的妨害をものともせず、徹底的にリアルに提示している」とも書いており、その政治的メッセージ性を強調する。[8]

このように、アメリカ国内の書評は、この本のもつプロレタリア文学としての性格と価値をさらに強調し評価している。資本主義国家の代表であるアメリカで、このような批評が行われること自体が意外な感じを与えるかもしれないが、書評を載せたいずれの新聞・雑誌もリベラルな傾向を持つとはいえ、共産主義とは直接関係はない。

しかし、世界中で沸き起こったプロレタリア文学の潮流は、アメリカにも及んでおり、一九二〇年代にはシンクレア・ルイス、セオドア・ドライサー、ジョン・ドス・パソスなどの社会主義的な文学作品が数多く存在しただけでなく、批評の分野でもマルクス主義の洗礼を受けたウィルソン、カウリー、さらにはマイケル・ゴールドやその影響のもとに育った、ユダヤ系批評家たちの活躍があった。[9] むしろその勢いはヨーロッパの同様の動きを凌駕するほどであったと言っても過言ではない。そうした状況のなかで、『蟹工船』の英訳がアメリカで出版されたのである。

2　ビカートン

さてそれでは『蟹工船』を英訳したのは、いったいどんな人物であろうか。英訳本には訳者の名前の記載はない。ところが、思わぬところで、訳者が誰であるかが判明する。それは、一九三四年五月二十二日付の「東京朝日新聞」の記事であった。その記事は「リンチ共産党の全貌――本日記事解禁」という見出しのもと、当時共産党内部で起こったリンチ殺人事件を報じたものである。その記事は、警察が七三六名の共産党員及び共産党シンパを「治安維持法」違反によって逮捕したと伝えている。その逮捕者のなかに一人のイギリス人が含まれていた。ウィリアム・マックスウェル・ビカートンである。

この人物に関して、写真まで入れて、その経歴、容疑内容などを詳しく伝えている。そしてその記事の最後の方で、ビカートンが「小林多喜二の「蟹工船」その他著名プロ文士の作品八篇」を英訳したことを明らかにしている。この記事がおそらく『蟹工船』の英訳者を世に知らせた世界最初のものであろう。

ビカートンが逮捕されたのは一九三四年三月十三日である。ニュージーランド出身であるがイギリス国籍を有し、逮捕時は旧制第一高等学校（東京大学の前身）の英語講師をしていた。逮捕容疑は、彼が日本共産党員に定期的に金を渡していた、つまり財政が逼迫していた共産党を金銭によって支援したという点、さらに彼が一九三三年にソ連とヨーロッパを旅行した際、日本から党の機関誌の記事を翻訳して持ち出し、また現地の共産党の同様の記事を持ち帰って日本共産党に提供するなど、党の国際的宣伝に重要な役割を果たした、という二点である。これらの行動が治安維持法に触れたということになり、逮捕に至ったのである。

『蟹工船』翻訳の事実は逮捕前には、訳者名が伏せてあったこともあり、彼が翻訳者であることは当局には知られていなかった。無論、ビカートンの方でも、日本の警察に知られることが身の危険を招くということは承知したうえで自分の名前を伏せていたのである。「東京朝日」の記事に翻訳の経緯と詳細が公表されたのは、ビカートン自身が警察の尋問の際に話さざるを得なかったからである。このことは、ビカートンが、一九三四年七月にイギリスの新聞「マンチェスター・ガーディアン」(*Manchester Guardian*)に寄せた記事の中で明らかにしている。[10]

「日本における拷問」という見出しが付けられたこの記事は、ビカートンが日本の警察からいかに非人間的な扱いを受けたかを詳しく書いており、当時イギリスで「大きなセンセーションをまきおこした」。[11] 他の日本人の逮捕者ほど過酷ではないが、彼が受けた拷問の様子、食事がいかに酷かったかなどを詳しく伝えている。警察は共産党への金銭の受け渡しについて彼を自白に追いやり(警察は彼よりも前に逮捕した松本慎一という党員から、これに関する情報を得ていたものと思われる)、立件を急いだようである。しかし、ビカートンは翻訳の経緯や、欧米への渡航については供述しても、他の党員が不利になるようなことは一切話さなかった。

約一カ月間勾留された後、イギリス領事館の努力(保釈金二百円)のおかげで、仮釈放を受け、その間にイギリスへ脱出した。いずれにしろビカートンは、日本の治安維持法によって逮捕され拷問を受けた最初で最後のヨーロッパ人ということになるだろう。

3　秘密裏の英訳

『蟹工船』の翻訳とその出版の経緯は実際にはどうだったのだろうか。原作の「蟹工船」は一九二九年に、共産党系の全日本無産者芸術連盟（ナップ）の機関誌「戦記」一九二九年五月号と六月号に掲載された。しかし六月号はすぐに発禁になる。単行本としては初版が一九二九年十一月五日、改訂版が同年十一月八日に、戦旗社から出版された。こちらも、一九三〇年二月十五日には発禁処分を受けている。雑誌掲載の版も単行本の版も編集者がかなりの部分をあらかじめ伏せ字にするなどして当局の介入を避けようとしているが、その甲斐もなく、発禁の憂き目を見た。[12] ビカートンはこのような状況の中で「蟹工船」を日本国内で密かに英語に翻訳したのである。

ビカートンが英訳したのは、全十章のうち前半の五章で、文字数でいうと全体の約七割に相当する。原文の「戦旗」への掲載は、第一章から第四章までは五月号、第五章から第十章までは六月号と、二号に渡った。英訳を七割に短縮したのは、他のプロレタリア作家の作品も収録したいという意図があって、その分の紙幅を残したものだと思われる。

さて問題は、「蟹工船」を翻訳する際に、ビカートンが底本としたのは「戦旗」版か単行本版のどちらであるかである。それを知るには翻訳英文と二種類の原文すなわち「戦旗」版と単行本版とを比較する必要があった。その結果、ビカートンが底本にしたのは、ほぼ単行本版であったということとが分かった。「戦旗」版で伏せ字になっていた箇所のかなりの部分は、単行本では復元されており、ビカートンはそれに従って訳しているからである。

注意しなくてはならないのは、ビカートンは、日本文の該当箇所（第一章〜第五章）のすべてを英語に訳していないということである。前述のように、日本文そのものに、編集者が当局の目を気にして伏せ字にした部分が数多くある。どういう箇所を伏せ字にしたかといえば、いわば当局の政治的あるいは道徳的な見地からみて、不穏当あるいは有害な表現に当たるという部分である。

例えば、「××、働く人、やる」（原文47頁）である。ここは遭難した日本人漁夫を助けたロシア人が片言の日本語で、漁夫たちをオルグする場面の台詞だが、伏せ字の部分は戦後版を見ると「日本」であることが分かる。[13]「働く人」は労働者、「やる」は行動する、の意味である。この部分の訳は、"Japan workers, act!" としており、たどたどしさを英語で表している（英訳35頁）。翻訳本のなかで、伏せ字のまま英語にしている、つまり "XXX" などとしている箇所は一つもなく、不明箇所は想像で補っているか削除している。

なかには、日本文にして約七十行を、すべて抜かしているところがある。その部分（原文四八―五一頁）は、船内で性欲を我慢できなくなった漁夫が十代の雑用係の少年を凌辱するシーンと、それに続く漁夫たちの猥談の箇所で、卑猥な言葉が多数用いられている。ビカートンは、この箇所は作品の中ではそれほど重要でもないし、訳出の煩雑さを思えば省略してもよいと判断したのであろう。

しかし逆に、伏せ字になっているところを、英語では言葉を入れているところがある。例えば、「×××は雲の上にいる」（原文二一頁）という文は、『戦旗』版でも、単行本版でも、伏せ字のままになっているのだが、ビカートンはきちんと"Emperor's above the cloud"（英訳15頁）と訳している（傍線、堀）。確かに、伏字部分を復活させた戦後版を見ると、「天皇陛下」であることが分かる。だが、ここはまだ類推可能と言えるかもしれない。

次はどうであろうか――「北海道では、字義通り、どの鉄道の枕木もそれはそのまま一本一本労働者の青むくれた『××』だった」（原文60頁）という部分。ここは「戦旗」版でも、単行本版のどちらも伏せ字のままである。それをビカートンは、"Every sleeper on every track in Hokkaido represents the corpse of some worker"（英訳43－44頁）と訳している（傍線、堀）。伏せ字の部分は、戦後版を見ると、確かに「死骸」となっている。伏せ字部分の前後を見ても、ここが「死骸」であるとは容易には想像しにくい。

ビカートンはどのようにしてこの箇所が「死骸」であると特定したのであろうか。それは謎としか言いようがないが、ビカートンが戦旗社の編集部に「蟹工船」の元の原稿を見せてもらった可能性は考えられる。それができるほど、ビカートンは日本共産党とも、その影響下にあった戦旗社とも近い関係にあったからである。

ビカートンはニュージーランドで生まれ育った。少年時代にすでに祖父の影響で共産主義思想に染まっていた。大学を出て日本で教えるようになってからもそのような指向は変わらず、教えている日本の優秀な学生たちが、次々と共産党に入党していく様子を目にするや、それに刺激を受けてか、自ら進んで党の活動に近づくようになる。彼が最も親しく付き合ったのは、党員の古在由重（東大総長古在由直の息子）と岩田義道（一九三二年に特高に虐殺される）であった。両者には自分の収入から相当な額の金銭（合計で最低八百円ほど）を渡し、財政が逼迫する党の活動を助けた。

他方、ビカートンは古在などを通じて、共産党関連の出版物、プロレタリア文学作品の多くに接するようになり、それらを集中的に読むことで日本語力をさらに向上させた。その読書範囲は樋口一葉から小林一茶など日本の古典にまで及び、一躍日本研究家として知られるようになる。（東京朝日）

資金援助は上記だけに留まらず、戦旗社には数回にわたって金を送っていた。ビカートンの部屋には「戦旗」が山のように積み上げられていたという。その頁の随所に英語訳が書き加えられていた。（古在、五四－五五頁）このような事実から、ビカートンが戦旗社の編集部に依頼して、多喜二のオリジナル原稿を見せてもらう機会があっても不思議ではない。

4　海外出版へ

では、ビカートンの訳した原稿はどのようにして英米で出版されるようになったのであろうか。これを知る手がかりも、一九三四年の「東京朝日」の記事にある。

さらに小林多喜二の「蟹工船」その他著名プロ文士の作品八篇を訳し昭和五年夏季休暇を利用して渡米した際、ニュー・マッセズ社に作家マイケル・ゴールドを訪ね、その紹介を得ニューヨークのインターナショナル・パブリッシャーに交渉しこれらの出版契約を結び日本プロ文学を紹介すべく計画を立てた、この十篇は昨夏他のプロ小説及び彼の書いた「警察に殺された小林多喜二」と共に「蟹工船」という題で同社のロンドン支店であるマーティン・ローレンスから出版された。

この記事の中には細かい点で、現実と異なる部分が二カ所ある。そのひとつは、出版社名として「インターナショナル・パブリッシャー」とあるが、英語では末尾に複数を示す〝s〟が付いており、「パブリッシャーズ」が正しい。次に、マーティン・ローレンスは「ロンドン店」というよりは別の会社なので、「特約会社」あるいは「兄弟会社」とした方がよい。それ以外の点では、つまり事実関係の大筋は、問題がないと思われる。この「東京朝日」の記事は警察発表に基づいたものだが、これ以外に出版の経緯を裏付けるものは存在しない。その詳細は政府筋から得たものなのか、ビカートンの供述によるものなのかは明白ではない。

では、ビカートンは何故アメリカに翻訳原稿を持ち込んだのだろうか。まずは、当時世界的広がりを見せていた共産主義運動の中、英語での出版を考えた場合、共産党系の支援を最も得やすいイギリスかアメリカを選択するのはごく自然な流れと言ってよい。とりわけジョン・リードの流れをくむアメリカ共産党は、一九二九年に始まる大恐慌の煽りもあり、世界的に見ても勢いがあった。

党の活動も機関誌「ニュー・マッセズ」を中心に極めて活発であった。ここにビカートンは目を付けたのだと思われる。

ちなみにジョン・リードはアメリカ人で、ロシア革命の様相を現地に赴いて取材したルポルタージュ『世界をゆるがした十日間』で世界中に名の知れたジャーナリストであった。彼はアメリカ共産党創設メンバーの一人でもあったが、一九二〇年にチフスのためモスクワで若くして世を去る。彼の死後、その影響下にあったアメリカの若い作家や芸術家たちが彼の遺志を継いで、「ジョン・リード・クラブ」を結成した。この組織は文化的な側面における改革運動、とくにプロレタリア芸術運動の拠点であり続けた。

その中心にいたのが、マイケル・ゴールドである。作家でジャーナリストであるゴールドは、アメリカ・プロレタリア文学の最高傑作と言われる『金のないユダヤ人』を出版したばかりであった。世界恐慌の発端となった「ブラック・チューズデイ」から間もない一九三〇年春のことである。この作品は一年のうちに十四の言語に翻訳され[14]、ゴールドは世界的に最もよく知られたプロレタリア作家であり編集者であった。ビカートンは彼に会うために遥々アメリカまで行ったということになる。ゴールドは当時、アメリカ共産党の機関誌「ニュー・マッセズ」誌の編集を取り仕切っていた。一九二九年に同誌に書いた「左へ行け、若い作家たち」という記事でアメリカにおけるプロレタリア文学運動の出発を宣言したと言われる。

ビカートンは自身の訳した「蟹工船」の原稿をこのゴールドに直接見せたに違いない。ゴールドは、その内容の質の高さを認め、すぐさま出版の手配をすべく、アレクサンダー・トラクテンバーグのところへ話を持って行った。トラクテンバーグは一九二四年にインターナショナル・パブリッシャーズ社を創設した人物で、この会社で、経営、編集、営業などの様々な業務に携わっていた。ゴールドと同じユダヤ系だが、当時のアメリカの左翼陣営には多くのユダヤ人が関わっていた。彼については、ホイタカー・チェンバースが次のように書いている。

アレクサンダー・トラクテンバーグは、インターナショナル・パブリッシャーズ社の社主として党の「文化委員」の役目を果たし、「ニュー・マッセズ」とジョン・リード・クラブを傘下に置いていた。（中略）そしてまた、古参のボルシェヴィキ・メンバーとして、中央統制委員会の委員を務めていた。[15]

トラクテンバーグはロシア出身で（ウクライナのオデッサの生まれ）、アメリカに移民してきたのは、一九〇六年である。ボルシェヴィキに加わったのはそれよりも前になるから、おそらく党の草創期からのメンバーであったに違いない。渡米後、彼は引き続きロシア革命政府を支持し、またその影響を受けながらアメリカ共産党の中核にいて機関誌発行や出版などの文化的な方面を担っていた。

彼は自分の経営する出版社を通じて、マルクス、レーニン、トロツキー関連の図書を英語で出版した。その際、モスクワの機関と連携することも多かった。このような活動歴があったため、戦後のマッカーシー旋風の際には、共産主義革命運動を支援した廉《かど》で告発され、三カ月間拘留されている。いずれにしろ、このトラクテンバーグと彼の経営するインターナショナル・パブリッシャーズ社が、『蟹工船』の英語版を出版するに当たり重要な役割を果たしていたと推測される。

先の「東京朝日」の記事のなかに、「同社のロンドン店であるマーティン・ローレンスから出版された」とあるが、前にも述べたように、このイギリスの出版社は、インターナショナル・パブリッシャーズ社の兄弟会社である。やはりこの会社も現地の共産党と強いつながりを持ち、共産主義関連の出版を行っていた。記事には、出版契約をしたのがアメリカのインターナショナル・パブリッシャーズで、出版したのがイギリスのマーティン・ローレンスであるかのように書いてあるが、実際には、冒頭で述べたように、『蟹工船』はインターナショナル・パブリッシャーズとその兄弟会社マーティン・ローレンスを通じて、ニューヨークとロンドンで同時に出版された。

整理すると、ビカートンがマイケル・ゴールドに翻訳原稿を見せ、ゴールドの肝いりでトラクテンバーグの経営するインターナショナル・パブリッシャーズ社へ話が行き、出版契約が結ばれた。そして、おそらく印刷用の原版である紙型のかたちでアメリカ版がロンドンの兄弟会社マーティン・ローレンス社に送られたか、あるいはロンドンで作った紙型がニューヨークに送られたかのどちらかで、それによってロンドンとニューヨークの各々で印刷され出版された。これが全体の流れであろう。このような事情もあり、『蟹工船』は、前述のように英米両国で同時に書評が掲載されることになったのである。

註

1 同書に収録された多喜二以外の作者は、藤森清吉、黒島伝二、貴志山治、片岡鉄平、徳永直、林房雄である（一人で複数編収録の者もある）。

2 *Times Literary Supplement*, September 14, 1933, p.613.

3 " Takiji Kobayashi murdered by Police," *The Cannery Boat by Takiji Kobayashi, and Other Japanese Short Stories* (New York, Greenwood Press, 1968). Rpt. of *The Cannery Boat by Takiji Kobayashi and Other Japanese Short Stories* (New York, International Publishers, 1933), 267-271. 以降、本稿における、英語版『蟹工船』からの引証は、すべてこのGreenwood版からのものとし、本文中ではカッコ内の数字によって該当頁を示す。

4 Robert Cantwell, "Can You Hear Their Voices?" Review of *The Cannery Boat by Takiji Kobayashi, and Other Japanese Short Stories* [by Takiji Kobayashi, et al]. The New Republic, 18 Oct., 1933, p. 285. ちなみに、シンクレアの『ジャングル』は一九二五年に日本語に翻訳され東京叢文閣から出版されていたので、多喜二が読んでいた可能性が高い。

5 キャントウェルが引用した箇所に該当する日本語原文は戦旗社版の『蟹工船』（一九二九年）からで、本文中では、カッコ内に「原文～頁」（漢数字）という形で該当箇所を示した。また、英訳の該当箇所は「英訳～頁」（算用数字）と示した。以後この資料からの引証は同様に行う。ただし、「蟹工船」

からの引用に関しては、堀が原文を現代仮名遣いと当用漢字に改めた。

6　Cantwell, 185.

7　"Japan's Proletariat." Review of *The Cannery Boat by Takiji Kobayashi, and Other Japanese Short Stories* [by Takiji Kobayashi, et al]. *The New York Times*, 3 Oct, 1933, pp. 285-286.

8　Ishidore Schneider, "Japanese Proletarian Writers," *Nation*, Jan. 3,（1934）：, 25-26.　シュナイダーは、後述するM・ゴールドやA・トラクテンバーグと同様、アメリカ共産党（CPUSA）と深い関係があった。当時のアメリカ共産党は、ソ連主導の第三インターナショナルすなわちコミンテルンの指導の下にあり、コミンテルンには世界中の政治状況だけでなく文化情報も集まっていた。また、日本共産党も同様の状況にあった。

9　ここでいう「ユダヤ系批評家たち」とは、のちに「ニューヨーク知識人」と総称されるグループへと育っていき、五十年代以降のアメリカの論壇や文学界に大きな影響力を持った。アルフレッド・ケイジン（Alfred Kazin）アーヴィング・ハウ（Irving Howe）ライオネル・トリリング（Lionel Trilling）レズリー・フィードラー（Leslie Fiedler）ダニエル・ベル（Daniel Bell）などである。彼らが拠点とした雑誌が一九三四年創刊の「パーティザン・レビュー」（*Partisan Review*）で、ジョン・リード・クラブの若手批評家や芸術家が主な寄稿者であった。実はこの時点ですでに、ソ連の指導の下にあったアメリカ共産党の党利優先や教条主義的な文化理解に反発するようになり、間もなく共産党から離反することになる。そして、親トロツキー、反スターリンを旗印に独自の路線を展開し、政治と文化両面でアメリカの知的世界をリードしていくことになる（参照、拙著『ニューヨーク知識人――ユダヤ的知性とアメリカ文化』（彩流社、二〇〇〇年）二四－六七頁）。

10 「マンチェスター・ガーディアン」紙に掲載された記事が雑誌 *The Living Age* に再録された。Bickerton, William Maxwell, "Third Degree in Japan," *The Living Age*, Sep. (1934):, 30-34.

11 古在由重「マックス・ビッカートン回想」、「文化評論」(一九六七年九月号)、五六頁。

12 これには編集者側の対応のまずさも指摘されている。当局の最終的な発売頒布禁止処分(発禁)を受けたのは一九三〇年二月十五日であるがその理由は、「もともと二カ所の削除を行えば出版できるという、削除処分の扱いであったにもかかわらず、出版社が指示どおりにしないので、結局、禁止処分となった」ということであるようだ。大滝則忠、「戦前期の発禁本のゆくえ」(二〇一一年二月十八日)、「神田雑学大学定例講座N 0544)」kanda-zatsugaku.com/110218/0218.html#15. 大滝氏は元国会図書館副館長。

13 参照した戦後版は、小林多喜二『蟹工船　一九二八・三・一五』(岩波文庫、一九六七年)で、伏せ字だった箇所はほぼ完全に復元されている。戦後最初の版は、一九四五年十月一日に出版された。小林多喜二『蟹工船』(戦旗社)。その際すでに伏せ字の部分は、「日本」と「天皇陛下」を含めかなり復元されている。

14 この時期はコミンテルン(一九一九年～一九四三年)の指導の下、各国のプロレタリア文学の翻訳が盛んに行われていた。「蟹工船」も翻訳の最初はロシア語版で、英語版の一年前に出版されている。

15 Whittaker Chambers, *Witness* (New York: Random House, 1952), p. 242.

第3章　宣伝としての『麦と兵隊』

1　アメリカでの出版

一九三八年に日本で刊行された火野葦平の『麦と兵隊』は、翌年の一九三九年には英語版がアメリカで出版された。日本の現代文学としては、『蟹工船』に続いて二作目の英訳作品ということになる。翻訳したのは石本シヅエという名の日本人女性であった。実は、この女性は戦後日本で初めて行われた総選挙で史上初の女性国会議員となり、その後市川房枝や平林たい子らとともに女性政治家として名を馳せることになるあの加藤シヅエである。英語版の訳者名が「シヅエ・イシモト」となっているのは当時の夫が石本恵吉男爵であり、その姓を名乗っていたからである。

彼女の翻訳した英語版『麦と兵隊』は、出版当初は日本の新聞の一部がアメリカでの評判をシヅエの写真入りで取り上げたりなどしたが、その後は戦争の混乱の中で顧みられることはほとんどなかった。さらに太平洋戦争終了後は、原作者火野葦平の戦争協力者としての責任を問うあまり、この翻訳の存在すら忘れ去られていた感がある。

英語版『麦と兵隊』が出版されるとすぐに、アメリカの一流新聞・雑誌がこぞって書評を掲載した。そのなかには、レマルクの『西部戦線異常なし』(一九二九年)と比較するものもあった。日米開戦の前、両国間に緊張が高まりつつあった時期に、中国軍と戦う日本兵の姿を描いた作品が、アメリカで出版され現地のジャーナリズムの注目を集めたのはどのような理由によるものなのだろうか。

『麦と兵隊』の英語版の表紙には *Wheat and Soldiers* by Corporal Ashihei Hino とあり、翻訳者としては Baroness Shizué Ishimoto すなわち石本シヅエ男爵夫人の名が掲げられている。出版元はニューヨークのファーラー・アンド・ラインハート社 (Farrar & Rinehart) である。著者火野葦平の名には日本語版にはない「伍長」(Corporal) という階級名が付され、また翻訳者名の前に「男爵夫人」(Baroness) とあるのは、アメリカの出版社の意向であろう。

当時展開していた日中戦争の模様は、アメリカにも伝えられており、現地で戦闘に参加している であろうと思われる陸軍伍長の書いたものであれば、当然それは、戦争の実情を伝えているもので あろうことを期待させ、読者の興味はそそられる。また、翻訳者が男爵夫人であれば、そのありがたみも増すというものである。

英語版にはアメリカの読者のために、訳者のまえがきと、ウィリアム・ヘンリー・チェンバレンの「麦と兵隊――その印象」と題された序文が添えられていた。チェンバレンはアメリカの歴史学者でジャーナリスト、またシヅエの友人でもあった。

まずはシヅエの「訳者まえがき」であるが、彼女はその中で、『麦と兵隊』がいかなる作品であるのか、火野葦平とはどのような作家であるのか、そして最後に自分がどのような気持ちでこの翻訳を手がけたかについて書いている。また火野が戦地において『麦と兵隊』の草稿となる日記を書いていたまさにその最中に、出征前に書いた別の作品（『糞尿譚』）で日本の「最も名誉ある」文学賞である芥川賞を受賞したことも書き添えている。

作品内容については、地を這う普通の兵士が戦地で見聞きしたものを、ありのままに綴ったものである点を強調している。この作品は日本での発売当初、一夜のうちに日本中で一大センセーションとなり、自分の息子や夫が戦地でいかに戦っているかを、この作品を読んで知った読者は周りを憚ることなく号泣したと述べている。そして、なぜこの作品を翻訳したのかについて、「私の祖国への献身の気持ちと私のアメリカの友人たちの支援に対する深い感謝の念がこの仕事を促した」とシヅエは書いている。

またチェンバレンは、自身が寄せた序文冒頭で、『麦と兵隊』は「私の知る限り、日中紛争から生まれた最初で極めて重要な一冊である」とし、戦争文学にありがちな「プロパガンダ的要素」は全く見られず、作者は「戦争に対して賛成でも反対でもなく、親日的でも反日的でもない」と作品の客観性、中立性を強調している。また、第一次世界大戦を描いたレマルクの『西部戦線異状なし』にも匹敵すると褒め上げ、さらにはこの作品が発売後数カ月で五十万部を売り上げた事実も伝えている（日本国内ではその後も売れ続け、百万部を超える大ベストセラーとなった）。

チェンバレンのこの序文は、アメリカ国内での書評にも影響を及ぼし、「タイム」誌は、チェンバレンの『西部戦線異状なし』との比較に言及する形で、皮肉を込めて、両作品が「唯一類似しているのは、それはいずれも戦争を描いているという点だけ」であるとしている。また最後に、この作品が映画化されるという事実を捉えて、「日本政府がこれを許可したのは、戦争遂行に利するところがあると踏んだからである」と、チェンバレンが言う「中立性」を暗に否定している。

「ニュー・リパブリック」誌は、当時ノーベル賞作家として世界的に有名だったパール・バック（Pearl Buck）の書評を掲載した。バックは、「最初のページを読めば、この本が単なる陸軍伍長が書いたものではないことが分かる」とし、火野伍長とは実は日本の文学界では知られた秀逸の若手作家であると書いている。そして翻訳を手がけたシヅエの訳文は非常に優れた英語であると評している。[1]

しかし、バックは自身が中国に育ち、土地も人も慣れ親しみ、現地の様子を熟知しているだけに、そこに書いてあること、そこで起こっていることの実態を感知することのできる数少ないアメリカ人の一人でもある。作品は風景の美しさと人心の機微を描きとる純粋で繊細な感受性にあふれているにもかかわらず、そこに描かれる日本兵たちは何故、無慈悲に殺し続け前進し続けることができるのだろうか、と深く問いかける。そしてその答えとして、「国家に対する長い伝統的な服従が日本人の生き方の一部となり、それが彼らの唯一絶対の良心と化したからである、としか説明のしようがない」と書いている。最後に「すべての人々にこの本を読ませるべきである」、そうすれば「日本人がこの地球上で最も恐るべき人間たちであることが分かるだろう」と結んでいる。

中国における日本軍の残虐行為については、すでにメディアを通じてアメリカ人の多くが知るところであった。とくに南京事件の模様を映した映像は、現地にいたアメリカ人牧師ジョン・マギーによってひそかに撮影されたもので、その大半を占める、重傷を負って病院に収容された中国人たちの様子は、日本軍の残虐行為のむごたらしさをリアルに伝えている。

このフィルムは一九三八年に、マギーの同僚の宣教師ジョージ・A・フィッチによって南京外に持ち出され、上海、サンフランシスコ、そしてワシントンへと飛行機で運ばれた。フィッチはフィルムを米国務省に持ち込んだだけでなく、アメリカ国内の主要都市で上映し、日本軍が中国人に対していかに酷い行いをしているかについて講演して回った。その反響は大きく、行く先々で地元の新聞が取り上げることによって、多くのアメリカ人がこの事実を知るところとなった。まだナチスの残虐行為があまり伝わっていない時期であっただけに、アメリカ人は衝撃を受け、反日感情は大いに高まった。

ちょうどこのような時期に、英訳版『麦と兵隊』がアメリカで翻訳出版されたのである。当然否定的な反応が多いことは予想できる。それでも日本軍の実態を知ろうとするアメリカのメディアは作品に注目した。私の調べでは、アメリカ国内の少なくとも十社の新聞・雑誌が書評を載せている。

多くの書評が作品内容について否定的見解を示している中で、「ネーション」誌は、幾分好意的であった。「称賛に値する人間ドキュメント」、「率直で、飾りのない、真面目な文章で綴られた一日本人兵士の日記」などと評している。そしてそこに描かれている兵士たちの心情と態度は、どこの国の軍隊にも共通するものであるという。しかしこう付け加えた、「この作品に兵士たちの反戦の感情や不満を見出そうとしてもそれは無駄に終わるだろう」。[2]

さらに書評の最後では、作品には日本人が中国人に対して行った残虐行為については何も書かれていないが、読者は南京で何が起こったかについて詳しく知る必要があるだろう、と述べている。他の書評でも同様のことが書かれていた。

2　改変された原文

最も興味深い書評は、「サタデー・レビュー」誌に掲載された。[3] 書いたのは、T・A・ビソン、同誌の寄稿者紹介欄によると「外交政策協会」(Foreign Policy Association)というアメリカの非営利団体のスタッフで、アジア問題の専門家である。[4] 彼も、パール・バックと同様、シヅエの英訳については「アメリカ英語の日常的慣用句を違和感なく使いこなしているということ自体で、この翻訳は非常に優れた文学的達成である」と称賛している。そしてそのすぐ後でこう書いている――「[この翻訳は]一九三七年十二月に彼女が警察に勾留された際の容疑[反戦思想活動]を緩和させることにもつながるだろう」。([ ]内、堀)

シヅエが当局に勾留された事件というのは、「人民戦線事件」と呼ばれる一連の非共産党系リベラリストの一斉検挙である。この事件に関しては「ニューヨーク・タイムズ」などを通じてアメリカでも報道されていた。しかし私が調べた限りでは、『麦と兵隊』の書評の中で、このことに言及したのはビソンだけである。さらに、彼は「日本政府当局は、この本を売れるがまま放置して、ベストセラーたらしめたという点ではしてやったりであった」とも書いている。

ビソンの考えはこうであろう――この本を多くの日本の国民が読むことで、現地で戦う兵隊たちへの共感を誘い、戦争遂行がよりやりやすくなるだろうと当局が判断した。前述のとおり、当局はこの作品の映画化も許可している（実際に映画化されたのは、英語版『麦と兵隊』に収録されたもう一つの作品「土と兵隊」の方で、田坂具隆監督のもとに一九三九年に製作、公開された）。さらにビソンによれば、『麦と兵隊』の英訳を阻止しようと思えばいくらでもできたところを当局が放置したのは、この英訳がアメリカ国民と政府関係者の反日感情を緩和するのに役に立つかもしれないと踏んだからであるとしている。

ビソンは専門家として、東アジアの政治情勢を子細に検討していた。だからこそシヅエの過去の情報も正確に把握しており、彼女の置かれている微妙な立場も理解可能だったと思われる。さらに、ビソンは社会主義運動の専門家でもあり、アジア地域の共産主義の動向も探っていた（彼自身が社会主義者でソ連のスパイとの情報もある）。[5] シヅエの当時の恋人であった加藤勘十（後のシヅエの夫となり、それ以降彼女は「加藤」姓を名乗るようになる）も人民戦線事件で逮捕されているが、彼はその当時日本無産党党首であり国会議員であった。当然ビソンはこれらの事実を承知していたはずである。

作品内容に関してビソンは、兵隊同士の友愛、上官の部下たちに対する気遣い、現地の中国人に対する同情の念など、読者の情感に訴えるような記述が多いと書いている。しかしただ一カ所、例外的な部分があり、それは、「三人の中国兵が処刑される場面」であるという。

ところが、この場面は改造社版の日本語の原作にはあるが、英語版にはない。英語版の『麦と兵隊』は、「土と兵隊」すなわち「兵隊三部作」のうちの二番目に当たる作品のほぼ完全な訳と、「麦と兵隊」の縮小版の訳の二部構成になっている。処刑の場面は、縮小のために削除された部分に含まれていた。つまり、英語版『麦と兵隊』ではこの部分を読むことができないのである。

ビソンが処刑場面に言及しているということは、彼が日本語版の原作の内容を知っていたということである。おそらく日本語の読める誰かが日本語版を読んでビソンに教えたのであろう。ビソンは日本語版『麦と兵隊』が出版された一九三八年当時、中国にいた可能性が高く（一九三七年に延安で撮った写真がある）、現地で原作『麦と兵隊』に出会い、日本語のわかる人物に読んでもらったのではないだろうか。

これに関しては推測の域を出ないが、当時延安には、中国共産党中央委員会が置かれ、海外の共産党関係者の出入りもあったはずで、そのような人物がいてもおかしくはない。ちなみに、一九四〇年には、日本共産党の野坂参三が延安で中国共産党に合流している。

ところで、英語版にはなかった処刑場面は、改造社版では次のようになっていた。

奥の煉瓦塀に数珠繋ぎにされて居た三人の支那兵を、四五人の日本の兵隊が衛兵所の表に連れ出した。敗残兵は一人は四十位とも見える兵隊であったが、後の二人はまだ二十歳に満たないと思われる若い兵隊だった。聞くと、飽く迄抗日を頑張るばかりでなく、こちらの問いに対して何も答えず、肩をいからし、足をあげて蹴ろうとしたりする。

私は目を反らした。私は悪魔になってはいなかった。私はそれを知り、深く安堵した。[6]

この部分は、まさしく原作の最後の場面となるのだが、引用の通りやや唐突な一行が最後に加えられるだけで、三人の兵隊の最期は読者の想像力に託されている。ところが戦後に火野が加筆した版では、この場面が次のようになっている。

奥の煉瓦塀に数珠繋ぎにされて居た三人の支那兵を、四五人の日本の兵隊が衛兵所の表に連れ出した。敗残兵は一人は四十位とも見える兵隊であったが、後の二人はまだ二十歳に満たないと思われる若い兵隊だった。聞くと、飽く迄抗日を頑張るばかりでなく、こちらの問いに対して何も答えず、肩をいからし、足をあげて蹴ろうとしたりする。甚だしい者は此方の兵隊に唾を吐きかける。それで処分するのだということだった。従いて行ってみると、町はずれの広い麦畑に出た。ここらは何処に行っても麦ばかりだ。前から準備してあったらしく、麦を刈り取って少し広場になったところに、横長い深い濠が掘ってあった。縛られた三人の支那兵はその濠を前にして坐らされた。後に廻った一人の曹長が軍刀を抜いた。掛け声と共に打ち降ろすと、首は毬のように飛び、血が簓のように噴き出して、次々と三人の支那兵は死んだ

私は目を反らした。私は悪魔になってはいなかった。私はそれを知り、深く安堵した[7]（傍線、堀）。

新たに書き加えられたのは、傍線部分である。戦後版すなわち新潮社版には、このように大幅に加筆され、処刑の残忍性が如実に伝わる。

戦後、火野葦平は『麦と兵隊』で戦争を美化したとして戦争協力者あるいは「戦犯作家」という誹《そし》りを散々浴びせられ、また一九四八年にはＧＨＱから公職追放処分に遭うなど、極めて不名誉な数年間を過ごした。一九五〇年に追放処分が解かれるとすぐに、それまでの汚名をそそぐべく、軍当局が削除した箇所を自ら復活させたのである。

戦後に火野が明らかにしたところによると、原作の出版前には作者に何の断りもなく二十七カ所の削除が行われたという。[8]その中でも最も重要であり、作品の雰囲気と効果を一変させるのが上述の処刑場面である。おそらくは、火野が取材のために使用していた「従軍手帳」にあった記述をそのまま書き加えたものと思われる。自分は戦争の現実を余すことなく伝えようとしていたが、軍当局の介入によりそれが叶わなかった、という切なる訴えがこの加筆に込められている。

しかし、この新潮社版に解説を書いた河盛好蔵は、加筆に関しては一切触れていない。その代わりに、戦後この作品に向けられた批判に対して、「書きたいことが一杯あるけれども、検閲と弾圧がきびしくて、どうしても書くことが許されない。ここに表現されているのは、書きたいことの十分の一にすぎない。ここに書いてあることだけのことを、私は戦場に来て見たわけではない」（新潮社版、河盛好蔵「解説」、二二三頁）という火野の反論を取り上げている。

シヅエの翻訳にしても、当局の検閲ないしは妨害を警戒していたという意味では同様の状況があったことは想像がつく。彼女も、原作どおりには翻訳できなかった。シヅエの英訳した『麦と兵隊』の最終部分は、次のようになっている。

〈前略〉――寝ようと思い横になると、私の下にある箱の中で、か細い笛のような声がしきりにする。何だろうと思ったが、疲れすぎていて顔を向けるのも億劫だった。手だけ箱の中に伸ばしてみると、何かやわらかいものに触れた。毛でおおわれた温かいもの。指で軽く触りながら取り出して、顔の前にやると、それは元気のよい薄黄色の羽毛でおおわれたひよこであった。それを見て、何かが自分の中で壊れたような気がした。そして涙がとめどなく頬を伝った。

「お父さんお母さん、僕はまだ生きています。ありがとう」、とひとりでに言葉が口から出た。（傍線、堀）[9]

このように、日本語版の最終部分とは全く違った場面で終わっている。実はこのひよこの場面は、日本語版にもあるのだが、作品の半ばに描かれているので、英語版のような効果は期待できない。引用部分だけでも、シヅエは原文をかなり変えて訳しており、原作と英訳は同じ場面を描いてはいるものの、その印象がかなり異なる。ちなみに傍線部分は原文にはなく、シヅエが書き加えたものである。その結果、ひよこの愛らしさと命の尊さが強調されており、その分書き手の情愛の深さが際立つ。そしてそれが読む者のさらなる共感を誘うことになる。

最終行の両親への感謝の言葉は、英語版のこの小説の締めくくりでもあるが、これを最後に置くことで、日本人の兵隊といえども、同じようなヒューマンな気持ちを有していることを、アメリカの読者に印象付けようとしていることが分かる。このような工夫は、「麦と兵隊」だけでなく、「土と兵隊」の翻訳でもかなりの部分で行われており、英文と日本文を比べてみると、残忍な場面が省略されていたり、書き換えられていたりしていることが如実に分かる。彼女はそうすることが、アメリカ人の共感を呼ぶことにつながると考えたのであろうか。

だが、これらの改変を、シヅエが自主的に、また自己判断に基づいて行ったのかどうかについては不明である。少なくとも、加藤シヅエ自身が戦後に書いたいくつかの自伝的著作を読む限りでは、当局の介入の事実は確認できない。付け加えるなら、改造社版の原作の三十四箇所に挿入されていた現地の写真、地図、イラストは、英語版だけでなく、戦後の新潮社版にもない。さらに、英語版では、日記の日付も削除されていたが、当局の指示であったとするなら、それは当然、軍事上の理由によるものであろう。

3 日本の新聞報道

国家総動員法（一九三八年三月）が成立するなど戦時体制が強化される不自由な環境の中で、なぜシヅエは翻訳に手を染めたのだろうか。裕福な家に生まれ、学習院女子中等科を卒業すると間もなく石本恵吉男爵と結婚する。急に夫の恵吉が労働問題の研究のために渡米することとなり、子供を両親に預けて、夫とともにアメリカで暮らすことになる。現地の学校へ通い集中的に英語を習得したシヅエは、産児制活動家であるマーガレット・サンガーに出会い、彼女の運動に共鳴してアメリカ各地での講演旅行に随行し自らも講演した。シヅエの英語力はこの過程でさらに磨きがかかったものと思われる。

アメリカでの講演旅行を終え帰国すると、最初の著作『フェーシング・ツー・ウェイズ』（*Facing Two Ways: The Story of My Life*）を英文で書き、一九三五年にニューヨークのラインハート社から出版している。この出版がきっかけでラインハート社との関係が築かれたのだと思われる。『麦と兵隊』については、一九三九年一月五日付の日記に言及がある。前の年にこの作品が日本で大変な売れ行きであったことに触れた後で、シヅエは次のように記している。

私も読みましたところ、実に素直な兵隊もので少なからず感動いたしました。私はチェンバレン氏夫妻のすすめがあった為、この本の一部を英訳してラインハートに送りました。〈中略〉それが先方に大変喜ばれまして、先日電報で全訳を注文してまいりましたが、不思議にその翌日、今度は英国のコリンスから同様の注文が電報でまいりました。それでいろいろ相談の上、一番良いと思われる方法で引き受ける事になり、話がまとまり、ラインハートから決定の電報をうけとったのは元旦の夜でございました。

そしてさらに、「兵隊さんの純真な心持ちをよく紹介することが、私の課せられた任務と心得て最善を尽くすつもりでございます」と付け加えている。[10]

『麦と兵隊』の翻訳に関してはもう一つの背景があったと思われる。帰国後まもなくは石本男爵の妻として何不自由なく暮らしていたが、やがて不仲が原因で石本とは別居することとなり経済的な困難に見舞われることとなった。養わなければならない子供は二人いた。そうした中、一九三八年三月十日、日本駐在のAP通信の記者で友人のレルマン・パット・モーリンから、当時日本国内でベストセラーとなっていた『麦と兵隊』を共同で英語に翻訳しないかという話が持ち掛けられた。経済的苦境にあえぐシヅエにとっては渡りに舟であったというわけである。[11]

日記にある「チェンバレン氏夫妻のすすめ」は、日付が一九三九年一月五日とあるから、モーリンとの共同作業が始まってからだいぶ経ってからのことであった。つまり翻訳作業がある程度進んだ段階で、チェンバレンのすすめも手伝って、ラインハート社からの出版承諾にまで至ったと推測できるのである。いずれにしろ翻訳作業はシヅエの訳した英語をモーリンが直すという方式で進められた。

シヅエはもともと記事の翻訳などでモーリンの仕事を手伝っていたので、その英語力は信頼されていた。途中モーリンのシヅエに対する恋愛感情という面倒な問題も持ち上がったが、何とか無事に翻訳を終えたのが同年の二月二日（『日記』、二六一頁）、早速原稿をアメリカに送った。まもなくラインハート社から、翻訳は一九三九年の五月初めに出版予定である、という知らせが来た（『日記』、２７８頁。同書には「正月初め」とあるが、文の前後から推測して「五月初め」の誤植であると思われる）。

アメリカでの出版は首尾よく運んだ。しかし結果は前述のとおり、アメリカの新聞や雑誌の多くが書評で取り上げたものの、厳しく批判された。ここで押さえておかなくてはならないのは、その批判はシヅエの翻訳文ないしは火野の作家としての技量に向けられたものではなかったということである。アメリカの評者たちはむしろ、シヅエの翻訳文を含めて、『麦と兵隊』の文学作品としての価値は一様に認めた。

しかし彼らはいずれも、『麦と兵隊』を日本の中国侵略と軍隊の残虐行為を糊塗するという政治的意図の下に出版された作品であると捉え、そのことに反発したのである。ビソンは自身の書評を次のように締めくくっている――「『麦と兵隊』はまさにその芸術的効果によって、無力の人々に対する容赦ない残虐行為でしかないものを、あからさまに美化しているのである」。

他方、日本のメディアはこのアメリカでの反応をどう報じていたのか。一九三九年六月一日のシヅエの日記には、こうある。

きのうの朝、山王ホテル滞在中の恵吉〔シヅエの夫〕から電話で東日〔東京日日新聞、現在の毎日新聞〕に、『麦と兵隊』英訳の記事が出ているると知らせが来たので、お隣りから借りてくると社会面に大きく著書と訳者の写真入りで、「『麦と兵隊』アメリカで大好評、石本静枝夫人の英訳出版」とありました。(『日記』、二九六頁、〔 〕内、堀)

また、二日後の日記には、「東京朝日新聞」がパール・バックの書評を取り上げたことに触れている。その記事には、パール・バックの書評の一部として引用している箇所がある。シヅエの日記には、その引用部分が次のように記してある。

自分〔パール・バック〕は悲しみにかられ、読了するには耐えなかった。けれども自分はこの小説の筆者たる日本人が善良な青年であること、そしてその作品が偉大なものであることを否定することはできない。そしてその真実性、その簡潔さ、そしてその美に対するデリケートな感覚、さらにまた人間性に対する理解の深さに圧倒されてしまうのである。(『日記』、二九八頁。〔 〕内、堀)

「ニュー・リパブリック」誌に掲載されたバックの上の引用箇所を、原文に忠実に翻訳するなら次のようになる。

私は悲しみと怒りの中で、この小説の筆者たる日本人自身は善良な人間であり、良い本を書いたということを認めざるを得ず、そしてもし偉大さというものが、真実性、簡潔性、美に対するデリケートな感覚、人間性に対する理解の深さだけに基づくと考えるなら、この作品は偉大ですらある。

そして、パール・バックはこの直後、「認識しなくてはいけないのは、人を殺し、戦争を仕掛けるのをやめない日本人の特殊な気質である……」で始めて、終わりまで日本人批判を続けるのである。つまり、バックが問題にしているのは、『麦と兵隊』の文学的価値ではなく、そこに描かれている「真実」つまり殺戮と破壊さらには自分たちの犠牲を伴いながらも戦争を継続しようとする日本人の特殊性なのである。ところが「東京朝日」の記事では、パール・バックが自身の書評に込めたこのような趣旨が全く伝わらないどころか、まったく逆の効果を得ようとしていることが明らかである。「東京朝日」が数ある書評の中から、パール・バックのものを選んだのはもちろん、彼女が一九三八年にノーベル賞を受賞したばかりで、日本でもよく知られた作家であったからであろう。国威発揚のために同紙が自主的にこの記事を載せたのか、それとも当局の介入なのか。いずれにしろ一九三九年のこの時点では、日本のマスメディアはすでに戦争協力体制に入っており、大新聞各社は戦争賛美ないしは戦争支持の記事を載せ続けていた。『麦と兵隊』の書評に関するこの記事もその線に沿って編集されたものと考えていいだろう。

だが、アメリカ人の友人たちは手紙で直接シヅエに本の感想を寄せてきた。そのうち最も親しく信頼していたメアリー・ビアードは、[13]「シヅエが、日本の中国での残虐行為への言い訳に加担している」と非難し、「もう会うことはできない」と絶交まで宣告している。

シヅエ当人にとってみれば、予想していたものとは全く異なるアメリカ人の反応を知って、落胆せざるを得なかった。戦後まもなくシヅエはこう書いている、「この兵士の物語についてアメリカの読者にはまったく寛容さはみられません（中略）私の翻訳は不買運動に遭い、売り上げははかばかしくありませんでした」。[14] その後シヅエは『麦と兵隊』の翻訳については、自身の日記が出版される一九八八年まで何も語らなかった。

アメリカの読者の反応は、南京事件の模様を知っていたためであろうが、日本にいたシヅエの方は虐殺のことは何も知らされていないわけであるから、その反応に驚き落胆するのは当然である。このエピソードは、真実を知らされないまま戦争に加担させられていた当時の日本人の現実をいみじくも映し出している。

4　キーンの評価

シヅエ自身が沈黙していたあいだ、アメリカ人日本文学者ドナルド・キーンが『麦と兵隊』を論じることになった。一九八四年にニューヨークで出版された著書『西洋化の幕開け――日本近現代文学』の中においてである。[16]

キーンは火野葦平について、かなりのページを割いている（しかしキーンが『麦と兵隊』を初めて読んだのはそれよりもずっと早く、海軍日本語学校在学中の一九四二年、病気療養のベッドの上でだったという。おそらくシヅエが翻訳した英語版であろう）。『西洋化の幕開け――日本近現代文学』が出版された当時、キーンはすでにコロンビア大学教授として日本文学と日本文化を教えており、ニューヨークに在住していた。この著作は、欧米ないしは英語圏の読者を念頭に、英語で書かれたものである。「戦争文学」という章が設けられ、石川達三、火野葦平、尾崎士郎の三作家を個別に論じている。

火野に関しては、一九八〇年代当時二冊しかなかった火野葦平論を参照した以外には、専ら火野の作品のみを頼りに論を進めている。また原作からの引用部分はキーンが自分で英訳しており、一九三九年に加藤シヅエが訳した英語版を参照した形跡はない。

キーンが火野葦平論を書くために使用した『麦と兵隊』のテキストは、中央公論社の『日本の文学』シリーズ（一九五八年）所収のもので、その底本となっているのは一九五三年刊の新潮社版である。したがって、前に見たとおり、一九三八年当時に日本人読者が読んだものとはかなり違った印象を与える。とくに結末のあの処刑場面に関しては、戦後版を英訳して引用しているため、欧米の読者はキーンの著作を通じて初めて処刑場面の陰惨さに触れたことになる。

キーンが『麦と兵隊』をどのように読んだかという点であるが、約五十年前に英語版がアメリカで出版された当時の批評家たちと同様、『麦と兵隊』の文学作品としての価値は認めている。『麦と兵隊』の文学的価値は、単に英雄賛美や日本軍の辛苦を伝えていることにあるのではない。見渡す限り広がる華北の麦畑や、それを耕し続けた忍耐強い中国人の姿は、火野の作家としての紛れもない手腕を示している。（キーン、一一八頁）

その一方で、「従軍作家」として現地の模様を克明に伝えようとした火野の立場、そして「戦犯作家」などと非難された戦後の火野の心情にも目を向けている。さらに火野が従軍中にどのような制限のもとで作品を書かなければならなかったかについて、火野自身が述べているところを引用している。次のような事柄が軍部から申し渡されたという。

一　日本軍が負けていることを書いてはならない。
二　戦争に必然的に伴う罪悪行為に触れてはならない。
三　敵は憎々しくいやらしく書かなければならない。
四　作戦の全貌を書いてはならない
五　部隊の編成と部隊名を書いてはならない。

六　軍人の人間としての表現を許さない。（キーン、一一三頁）

二に関しては前述のとおり、該当箇所の大部分が軍当局によって削除されたと思われるが、六に関しては、かなりの部分で自由に表現できていたと思われる。それが火野作品の魅力であるし、それが持ちうる宣伝効果も当局は認識していたに違いない。無論このような軍部の申し渡しについて明らかにすることは、戦時中ではなしえなかったわけであるが、戦後におけるこのような証言のなかに、火野の自己弁護も意図されていたであろう。

それだけでなく「戦後の作品で火野はしばしば戦時中の自分の行動を弁護」しているとキーンは指摘する。とくに火野が自殺する直前まで書いていた『革命前後』は、火野の戦中戦後における複雑な心情を綴ったもので、彼の置かれていた状況と自身の思想の表明として注目している。キーンは火野葦平論を次のように締めくくっている。

火野の名声がこの先時代とともに高まっていくとは思えない。おそらく火野は、典型的な戦争作家として記憶に残るだろうし、それは十五年という長期にわたる戦争に生きた兵隊達の、ほかならぬ代弁者としてである。（キーン、一二六頁）

他方、火野の『麦と兵隊』を英訳した加藤シヅエの場合はどうであろう。戦後長きにわたって女性運動家、女性政治家として常に注目を浴びていた生涯は輝いていたように思える。しかしその最盛期にあっても、『麦と兵隊』の翻訳に関してはほとんど触れることもなく、また世間もその事実を忘れたかのように取りざたすることはなかった。

ようやく自らこのことに触れるようになったのは最晩年になってからのことである。日米の懸け橋となるはずの翻訳が全く逆の結果を招いたことが彼女に深い傷となったことは、この事実からも想像できる。それに加え、火野葦平と彼の兵隊文学が戦後にたどった茨の道もこの長い沈黙の背後にあったに違いない。

註

1　Pearl Buck, “A Soldier of Japan,” *New Republic*, (June 7, 1939): 134-135.

2　*Nation* (August 5, 1939): 154.

3　T. A. Bisson, “Japanese Soldier,” *The Saturday Review* (June 3, 1939): p. 5.

4　“T.A. Bisson,” Renison University Collge, Web. 7 May, 2017.

5　“T.A. Bisson,”Conservapedia. Web. 7 May, 2016.

6　原文は旧仮名遣いであったが、筆者の手で新仮名遣いに改めた。火野蘆平（改造社、一九三八年八月十六日）二二九頁。

7　火野葦平『麦と兵隊』（新潮社、一九五三年）二二〇頁。

8 池田浩士『火野葦平論――【海外進出文学論】第Ⅰ部』（インパクト出版社、二〇〇〇年）五四九頁。

9 Corporal Ashihei Hino, Tr. Baroness Shizué Ishimoto, *Wheat and Soldiers*, (New York: Farrar & Rinehart, 1939) p.191. この引用部分は筆者が英語版から直接翻訳した。

10 加藤シヅエ『最愛のひと勘十へ――加藤シヅエ日記』（新曜社、一九八八年）二四四―二四五頁。以下、同資料からの引証は、カッコ内に『日記』と記し、頁番号を付す。

11 ヘレン・M・ホッパー著、加藤タキ訳『加藤シヅエ――百年を生きる』（ネスコ　一九九七）一四九頁。

12 Pearl Back, 135.

13 メアリー・ビアードは、アメリカの著名な歴史学者チャールズ・ビアードの妻で、自身も女性史の分野で業績を残す。

14 ホッパー、156頁。

15 北嶋藤郷、「日本におけるドナルド・キーン略年譜　一九二二―一九七七〈一〉」『敬和学園大学研究紀要』第二三巻十一号（二〇一四年二月）一七四頁。

16 原題はDonald Keene, *Dawn to the West : Japanese Literature of the Modern Era* (New York : Holt, Rinehart, and Winston, 1984). 日本語版はその十二年後の一九九六年に『日本文学史――近代・現代篇五』というタイトルで、シリーズの一冊として、中央公論社から刊行された。本書で使用しているのは、その後中央公論新社から出版された文庫版である。ドナルド・キーン著、角地幸男訳『日本文学史――近代現代編五』（中央公論新社、二〇一一年）。以下、同資料からの引証は、カッコ内に「キーン」と記し、頁番号を付す。

II　大戦後　キーンとサイデンステッカー再上陸

第4章 日本文学者ドナルド・キーンの誕生

1 ドナルド・キーン著『日本の文学』の評価

イギリスの月刊誌「エンカウンター」（*Encounter*）の一九五五年三月号に、ドナルド・キーン（Donald Keene）著『日本の文学』（*Japanese Literature: An Introduction for Western Readers*）の書評が掲載された。書評を書いたのは、日本の文芸評論家であり英文学者の吉田健一である。父親の吉田茂首相が外交官であった時代に、少年時代をイギリスやフランスなどの海外で過ごし、最終的にはケンブリッジ大学キングス・カレッジで学んだということもあり、彼の英語はネイティヴの誰もが認める第一級品であった。当然この書評は吉田自身が英語で書いたものである。[1]

実はこの書評に出合ったのは、全くの偶然であった。私がイギリス滞在中の一九九九年に、ケンブリッジ大学図書館でユダヤ系知識人について調べていたところ、手に取った「エンカウンター」

誌の目次の中にKenichi Yoshidaの名前があるのが目に留まったのである。まさかイギリスの雑誌の中で日本人の名前に出くわすとは思わず、しかもそれがあの吉田健一であれば、その場で読まずにはいられなかった。タイトルは“The Literary Situation in Japan”であった。中身を注意深く読んでみると、それがドナルド・キーン著『日本の文学』の書評であることが分かった。実は、この出会いが本書に関わる研究の出発点であった。私はまず、この書評がいかにしてイギリスの雑誌に掲載されたのか、その経緯を探ることから始めた。

掲載誌の「エンカウンター」は、一九五三年にロンドンで創刊された。そのサブタイトルには「文学・芸術・政治」とあり、発行元はマーチン・セカー・アンド・ウォーバーグ社である。自ら「文芸誌」と称しているが、その内容は文学を超えて、政治、社会、文化など広範囲にわたっており、いわゆるハイブラウな月刊総合雑誌という性格が強い。執筆陣は、欧米を中心とする第一級の学者、批評家、作家、詩人たちである。そのなかには、イギリスの哲学者アイザイア・バーリン、作家オルダス・ハックスリー、文芸批評家フランク・カーモド、フランスの作家アルベール・カミュ、社会学者レーモン・アロン、アメリカの歴史学者アーサー・シュレジンジャー、社会学者ダニエル・ベルなどが顔を並べる。その他では、イギリス発行の「文芸誌」であるだけに、他の国々と比べてイギリスの詩人・作家の名前が目立つ。

同誌の最初の編集者は、イギリスの詩人・批評家のスティーヴン・スペンダーとアメリカの批評家アーヴィング・クリストルの二人であった。しばらく後にクリストルは、同じアメリカ人のメルヴィン・ラスキーに交代する。吉田の書評が載った一九五五年の時点では、すでにラスキーに代わっていた。スペンダーの方は継続して一九七〇年まで共同編集長の座に留まった。

興味深いことに、世界中の知識層に発信する「エンカウンター」ではあったが、一九五三年の創刊号に太宰治の短編を英訳で二篇載せている——「桜桃」と「女について」である。後に詳しく触れるが、英訳したのはいずれもエドワード・サイデンステッカーだった。「エンカウンター」は「文芸誌」を自称するのであるから、そこに文学作品が載るのは当然である。実際、創刊号には太宰の作品以外に、アルベール・カミュのエッセイ、ヴァージニア・ウルフの日記、さらにイギリスの詩人二人の作品が掲載されている。

その後も、共同編集長の一人メルヴィン・ラスキーの訪日レポートの二号に渡る連載、エドワード・サイデンステッカーやハーバート・パッシンなどの日本研究者の記事など、創刊からわずか四年の間に計七本の日本関連記事が、世界の読者の目に触れることとなった。この事実から、当時「エンカ

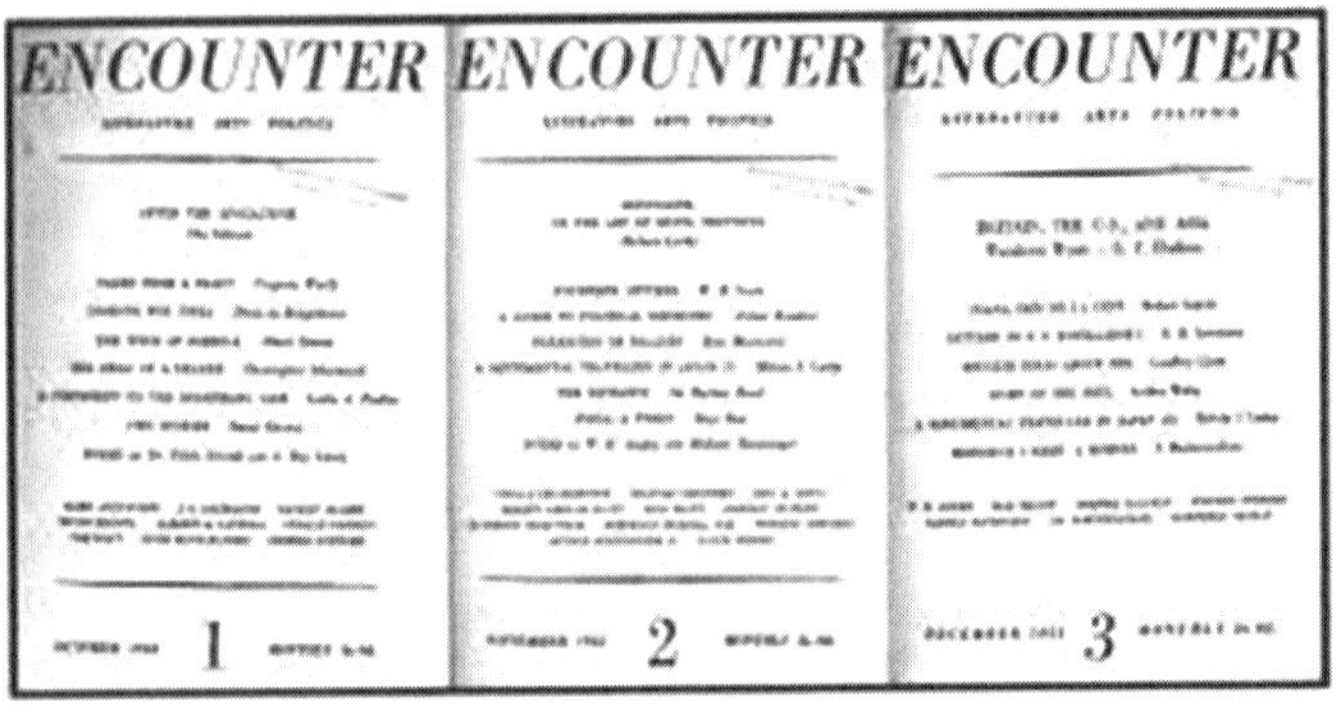

『エンカウンター』誌創刊号から第３号

ウンター」が、日本に対して並々ならぬ関心を寄せていたことがわかる。そのような中で、件《くだん》の書評が掲載されたのである。

しかし、どのような経緯で吉田健一の文章が掲載されるに至ったかに関しては、自伝の類などいろいろ当たってみたが、吉田自身も、書評された本の著者であるドナルド・キーンも一切触れていない。また両人に関する年譜や、評伝にも記述がない。そのため、この書評の存在さえ一般には、知られていなかったのではないだろうか。

しかし、日本人文学者吉田健一が英語で書いたこの書評は、日本文学が欧米に浸透するきっかけの一つになっていたであろうことは想像できる。今後詳しく見ていくことになるが、書評掲載の一九五五年は、他の雑誌記事や翻訳出版などを通じて、日本文学が一斉に世界の読者の目に触れるようになる年でもあった。

2　推測される書評掲載の経緯

このような事情で、書評掲載に至るまでの経緯については、推測するしかない。まずは、なぜイギリスの雑誌「エンカウンター」から吉田健一に書評の依頼がされたかである。

すぐに考えたくなるのは、共同編集者の一人であった詩人のスティーヴン・スペンダーと吉田健一との関係である。吉田のケンブリッジ滞在時代に知り合う可能性もあるが、スペンダーはオックスフォード大学出身で、しかも吉田の三歳年上であるため、お互いが出会う可能性はきわめて低い。

スペンダーとキーンの関係はどうか。書評が掲載された一九五五年の時点より前に、スペンダーがキーンを知っていたのではないかという推測である。確かに、キーンは一九四八年から五年間ケンブリッジ大学で研究しながら日本文学を教えた経験がある。その間について自伝で書いてはいるが、バートランド・ラッセルやE・M・フォースターの名前は出ていても、スペンダーの名前は見当たらない。実際に二人が直接出会ったのは、書評掲載二年後の一九五七年九月、日本で開催された国際ペン大会においてであった。

そのときの経緯は、キーンが自伝で詳しく書いている。スペンダーはイギリス代表団の一員として、またキーンはアメリカ代表団の一員として日本を訪れていた。スペンダーと共にイギリスから来ていたのは、作家のアンガス・ウィルスンであった。アメリカ代表団はジョン・スタインベックを団長にジョン・ドス・パソス、ラルフ・エリスンなど名だたるメンバーで構成されていた。

キーンは当時三十五歳の若さで、コロンビア大学で教鞭を執っていたが、代表団に加わったのは、彼が日本語に堪能であったからである。キーンの記述から推測すると、ペン大会の流れで一行が京都へ旅行した際に、キーンとスペンダーが偶然車で一緒になり、このとき初めて面識を持ったようである。[2] したがって、キーンとスペンダーとの関係があらかじめあった可能性はない。

もう一つの推測は、日本におけるコネクションである。キーンは一九五三年から一九五五年まで京都大学の大学院で学んでいた。それとほぼ同時期、サイデンステッカーが東京に住んでいた。二人はアメリカにいた頃よりも、日本へ来てからの方が親しくなり、前述のように互いの下宿に泊まり合う関係になった。

サイデンステッカーは、一九四八年から一九五〇年まで外交官として占領軍外交局に勤務した後、それを辞して、一九五二年からは東京大学で日本文学を学んでいた。前述のとおり、サイデンステッカーは一九五三年に太宰の作品の翻訳を「エンカウンター」の創刊号に載せている。同誌はアメリカ政府から財政支援を受けており（次章参照）、サイデンステッカーは元外交官という経歴を持つため、日本語専門家としての彼と編集部の間には何らかの関係があったにちがいない。実際、サイデンステッカーは「エンカウンター」に合計五本の原稿を寄せている。

サイデンステッカー自身は、一九五五年に谷崎潤一郎作『蓼食う虫』の翻訳をアメリカで出版したばかりで、日本文学者としてのキャリアを順調に積み上げはじめていた。サイデンステッカーは京都にいるキーンに頼んで、出来上がったばかりの『蓼食う虫』の英訳原稿を当時まだ京都に住んでいた谷崎に直接手渡してもらっていた（一年後、谷崎は熱海に転居）。キーンはこの時初めて谷崎に面会したという。（キーン、一八六頁）

この恩義もあって、サイデンステッカーは友人キーンのために、自ら買って出て書評の話を「エンカウンター」に持ち込んだのではないか。あるいは逆に編集部の方からキーンの著作の書評を載せたいのだが、だれか適当な書き手はいないかと、サイデンステッカーに相談が持ちかけられたのかもしれない。

すでに、キーンの『日本の文学』は英米の新聞・雑誌のいくつかで書評され、ある程度の評判を得ていたので、「エンカウンター」も興味を示したに違いない。だがそれにもまして日本関係の記事は、当時の「エンカウンター」の目玉の一つであったため、キーンの『日本の文学』の紹介は、同誌にとっても時宜を得たものであったであろうし、それを日本人文学者が書くとなればそれに越したことはない。このような経緯で、編集部が、サイデンステッカーを通じて書評を吉田健一に依頼したのではないだろうか。いずれにしろ、この書評の件にはサイデンステッカーが関与していた可能性が高い。

サイデンステッカーは、一九五五年以前に吉田を知っていた。なぜなら、彼の訳した谷崎潤一郎の『蓼食う虫』をアメリカで出版する際、その出版元であるクノップフ社の編集者ハロルド・ストラウスが日本人文学者の推薦文を欲しがり、そのうちの一通をサイデンステッカーが吉田に依頼しているからである。『蓼食う虫』の翻訳はアメリカで一九五五年に出版されるが、推薦文の依頼はそれより前でなくてはならない。また、見ず知らずの人間にこのような依頼をするわけがないので、吉田とサイデンステッカーはある程度の付き合いがあったに違いない。

サイデンステッカーの自伝によると、二人はよく飲み歩いていた仲らしい。そのような関係があったからこそ、吉田はサイデンステッカーの依頼を引き受けたのだろう。サイデンステッカーのもとに届いた吉田の推薦文は、「実に立派な文章であった」とサイデンステッカーは書いている。サイデンステッカーは他の日本人にも推薦文を依頼したが、英文で書いて送ってきたのは吉田だけだったという。

ここでわかるのは、一九五五年以前に、サイデンステッカーは吉田と個人的なつながりを持ち、なおかつ吉田の尋常でない英語の文章力を知っていたということである。吉田の推薦文に同封されていた添え状には、「特別気に入った酒がまだ樽に半分以上残っているから、一緒に飲み尽くそう」と書いてあったという。後に二人は疎遠になるが、この当時はまだ関係がきわめて良好であったことがわかる。[3]

しかし、その経緯がどうであれ、「エンカウンター」という国際的でハイブラウな雑誌に、日本文学に関する本の書評が掲載され、それを英語で書いたのが日本人文学者の吉田健一であったという事実だけでも、注目に値する。さらに、その著作の中で日本の同時代文学を扱っているとなれば、世界の知識層にとってはほとんど未知の領域であっただけに注目を集めたはずである。

ちなみに、「エンカウンター」の発行部数は当時四万部ほどであったが、同時期サルトルやボーヴォワールなどが編集して世界的に影響力を持ったフランスの雑誌「現代」(*Les Temps Modernes*)が二万部であったことを考えると、知識層向けの雑誌としてはかなりの数字であり、世界への浸透力も大きかったと思われる。そのような点でも、吉田の書評の意義は大きい。

3 『日本の文学』と書評の中身

さて、書評されたキーンの『日本の文学』そのものであるが、日本文学を概観する英文の著作としては、半世紀前の一八九九年にW・G・アストンが書いた『日本文学の歴史』(*A History of*

Japanese Literature）以来ということになる。[4] したがって、その新奇さと、読書界の待望が相俟って、注目が集まった。そして現在でも日本文学を学ぼうとする世界中の学生たちへの入門書として読まれ続けている。

実は、キーン自身はこの著作を出す前にすでに二冊の本を出版していたが、いずれもそれほど評判にならなかった。一つは修士論文を本にした *The Battles of Coxinga:Chikamatsu's Puppet Play, Its Background and Importance*（「国姓爺合戦」の研究、一九五一年）、もう一つは博士論文を本にした *The Japanese Discovery of Europe*（『日本人の西洋発見』、一九五二年）であった。それに対して、一九五三年にイギリスで出版されたこの『日本の文学』（*Japanese Literature: An Introduction for Western Readers*）は、１１４頁の小冊でありながら評判となり、文字通り彼の出世作となった（アメリカ版は一九五五年）。出版当時のアメリカでの評価の一つに次のようなものがある。

この鋭く小気味よい一冊は長らく待望されたものである。英語で書かれた有用な日本文学の唯一の案内書として、半世紀も前の古臭くなったアストンの著作にとって代わることになるだろう。〈中略〉キーンは実に巧みに主要作品の特徴をつかみ、また時間をかけて丁寧に一つ一つの詩を読み解いて、日本の詩のメカニズムをわかりやすく説明している。したがって、この著作は日本文学の歴史を書いたものでありながら、同時にその批評的解釈書でもある。フランス文学や英文学との適切な比較、たとえば、『源氏物語』と『失われた時を求めて』の比較などは、読者の理解を大いに助けることになるだろう。[5]

とくに「欧米の影響を受けた日本文学」の章は、欧米人による近現代日本文学論の嚆矢《こうし》とも言えるもので、西洋文学との比較を交えた論考は日本人にとっても新鮮に感じられるはずである。吉田健一は、一九六三年にこの著作を日本語に訳すことになり、日本国内でも多くの読者を獲得した。その時の日本語のタイトルが『日本の文学』であった。

それとは別に、「ニューヨーク・タイムズ」も書評を載せた。書いたのは、海軍日本語学校のキーンの後輩にあたるフランク・ギブニーである。その冒頭で、歌舞伎や能のアメリカ公演、日本家屋の展示、さらには国際的な映画祭で高い評価を受けた黒澤明の『羅生門』(一九五一年)と衣笠貞之助の『地獄変』(一九五三年)などによって、急激に日本文化への関心が高まりつつあると述べている。しかし日本文学についての話題が聞かれるようになったのはこの一、二年のことであるという。[6]その最初のものが、一九五二年に「アトランティック」誌に掲載されたハロルド・ストラウスの記事「編集者の日本訪問」であるが、これについては第10章で詳述する。

ギブニーは、そのような流れの中で、日本文学への関心をさらに高めたのが、キーンの『日本の文学』であるという。まるで無から有が生じたように、ほとんど顧みられることのなかった日本文学が、キーンの著作によってようやく欧米人読者の視野に入ってくるようになったと述べている。[7]とくに、現代作品については然りであろう。

では、吉田健一は「エンカウンター」に掲載した書評の中で、どのように書いていたのであろうか。吉田の書評は五頁に及び、同誌の書評としてはかなり長い方である（ちなみに同時掲載のもう一つの書評は、三頁足らずであった）。だが、吉田がキーンの著作に関して書いているのは書評全体の八分の一ほどで、しかもそれは、最初の書きだし部分だけに過ぎない。残りはすべて、吉田自身の戦後日本文学論の展開である。ただし、次のように書いて、キーンの著作に賛辞を呈することは怠っていない。

ところで、この一冊は、日本の文学に関心を持っていながら、それに関する知識が乏しい読者の誰にでも、心より推薦できるものである。それは、偶々他にこのような重宝な本がないからというだけでなく、この本自体が非常に優れた文学評論となっているからである（63頁）。

キーンの著作の批評的側面を強調している点は、先に引いたアメリカでの書評と同様である。この賛辞の直後、「戦後の数年間に起こったことは日本文学に二つの点で影響を及ぼした」と書き始め、吉田はこの書評の最後に至るまでキーンの著作から離れ、もっぱら自説を展開することになる。[7]

吉田によると、その「影響」の一つは、戦争前と比べると考えられないほど読者層が広がったということ。もう一つは、読者の質が急激に下落したことであるという。読者の数が増えた理由としては、戦争中は戦時体制で読書をする余裕もなく（とくに都市部）、また印刷物の数が厳格に制限されていたことに対する反動であるという。

さらには、戦後の新憲法で、平和主義だけでなく「文化国家」を宣言したため、この曖昧な概念が独り歩きし、誰もが「文化」的になろうと欲した。その結果、これまで読まなかった層が、書店に殺到するようになったと説明する。具体的な数字も挙げており、書籍や雑誌の消費は、戦争前の五倍から六倍に増えたという（63頁）。

キーンの『日本の文学』自体も、同じ現象に触れており――そのころの人々は生きることに精いっぱいで、難解な文学作品に興味を持つ余裕などなく、猥褻本や探偵小説などの低俗なものが流行したという。[8] ニュアンスこそ違うが、両者ともに戦後における読者の大衆化とそれに見合う大衆文学の興隆に注目しているという点では、ほぼ同様の状況認識と言ってよいであろう。吉田の書評と、キーンの著作の接点は、実はこの部分だけである。

吉田はさらに自説を展開する――「読者の急激な増加は趣味の低下を招くだけでなく、何が書いてあるか理解する能力さえ低下させる」と切り出す。戦争が始まる前から、新しい文学に対する読者の要求が高まっていたが、戦争のおかげでそれを満たすことができなかった。厳しい検閲があり、印刷物が国から制限されるなどして、本の流通そのものが阻害されていたからである。

ところが、戦後になって出版界が洪水のように本を供給するようになると、飢えた者のように手当たり次第に読みまくるという現象が生まれた。彼らは、何を読むべきか、あるいは何が書いてあるかを判断するゆとりも、能力もないまま、ただ「文化的」であるという理由だけで買い求めるというような状況だったという。

一方、書き手にとってはどうであったか。読者層の量的拡大は単純に、既成作家たちにとっても、また戦後に登場した新しい作家たちにとっても、経済的な繁栄をもたらすようになる。その結果、本来の文学的見地からすれば望ましくない類の作家たちを生み出すことになったという。また、有力な純文学系の作家の一部には、「意図的に大衆向けの小説や評論を書いて金儲けに走るものもいた」と書いている（64頁）。川端康成や伊藤整などが大衆雑誌に盛んに書いていた状況を指してのことだろう。

吉田はまた、大衆化の様相を、日本特有の雑誌の繁栄に関連させて説明する。戦後になると純文学の四つの雑誌（「新潮」、「文学界」、「文藝」、「群像」）以外に、四つないし五つの大衆文学の雑誌（「オール読物」、「小説新潮」など）があり、さらには分厚い五つ六つの女性月刊誌があり、それには必ず小説が掲載されている。それに加えて、新聞には少なくとも二種類の連載小説が付き物である。これだけの需要があるのだから、大衆文芸はますます繁栄するのだという（66頁）。

とはいうものの、吉田は、大衆文芸の一つの分野である歴史小説で、最も先進的な作家として二人の名前を挙げている。井伏鱒二と井上靖である。具体的に取りあげた作品は、井伏の「かるさん屋敷」（一九五三年）と井上の「風林火山」（一九五三年）である。いずれも日本ではよく知られた歴史上の人物（織田信長と武田信玄）を、戦国時代という特殊な時代状況のなかに見事な筆致で浮かび上がらせ、まるで現代を扱っているような気さえ起こせると述べている（65－66頁）。
名前を挙げているもう一人の作家は、大岡昇平である。戦後になって外国文学の影響を強く受けた作家たちが登場するが、その中でも大岡は注目すべき作家として取り上げられている。大岡はフランスのスタンダールから描写の正確さを学び、それは戦争文学の傑作とされる『野火』に最もよく現れている。さらにこの小説は、日本で唯一、キリスト教のミサに関する教義と飢える兵士らのカニバリズムとを対置させたとして賞賛している。
しかし同じように外国の影響を受けた文学の中でも、左翼文学は、反米、反体制、親ソ連、親中国、そして革命への夢などの感情（思想とは書いていない）が前面に出すぎており、現実を描いているとはとても思えないので、無視しても構わないとしている。（66－67頁）
実際には、キーンの『日本の文学』は、坪内逍遥、二葉亭四迷などから順に進み、アストンの本では全く取り上げていなかった鷗外と漱石をはじめ、谷崎、太宰その他の同時代作家に至るまでを、西洋文学の影響ないし比較という観点から的確に論じているのだが、吉田はこのような点にはほとんど触れていない。[8]
しかしながら、吉田が英語で書いたこの書評は、他に頼るべきものが極めて少なかったため、欧米の知識層が当時の日本の文学状況を知るうえで貴重な情報源となったはずである。実際、後述するように、「エンカウンター」に掲載されたアメリカ人二人の日本レポートにはその影響が色濃く見られるからだ。

一方で、この書評が「エンカウンター」誌に掲載された一九五五年、吉田自身が日本文学と西洋文学を比較した『東西文学論』を新潮社から出している。少年期から西洋で教育を受けて西洋文化と日本文化の狭間に位置していたことを思えば、吉田がこのような著作を書くことになるのは、いわば自然の流れである。体に染みついた西洋的な要素が吉田の批評の真骨頂と言えるのだが、そのような日本人吉田と、日本文化の神髄が浸みこみつつあるアメリカ人キーンが、東西比較の視点から書いた各々の著作を、ほぼ同時に日本とアメリカで世に出したのは、偶然というよりは時代の必然であったのかもしれない。

その後、京都大学の大学院で研究生活を続けたキーンは、下宿先で当時京大の助教授を務めていた永井道雄（後の文部大臣）と親しく付き合うようになり、永井を介して中央公論の社長嶋中鵬二とも知り合った。そしてその嶋中を通じて、日本の著名な文学者たちを知るようになる。その契機となったのが、「鉢の木会」と称する文人たちが集う一種の同好会で、吉田健一をはじめ、中村光夫、大岡昇平、石川淳、河上徹太郎など当時の文学界の名だたる面々が顔をそろえていた（のちに三島由紀夫も加わる）。[9]

短い期間にキーンは日本文学の中枢に触れただけでなく、それぞれの文学者たちと個人的な交友を深めていく。次第に現実世界と深く関わるようになっていくサイデンステッカーとは異なり、キーンは高踏的な文学者のグループのあいだに身を置くことで、激動する政治や社会の喧騒からは距離を取り、日本の伝統文化と静謐な芸術世界に浸ることになる。

キーンは、ニューヨーク生まれということもあり、オペラや芝居などの都市文化に少年の頃から親しんでいた。このような下地があったため、彼は日本に来てからも、京都の伝統的な日本文化にじかに触れながら、能・狂言、文楽などの日本の古典芸能に自然に親しむようになる。彼がごく早いうちから近松の「曽根崎心中」や三島由紀夫の「近代能楽集」などを翻訳しているのは、そのような背景も関係しているだろう。

キーンの日本の古典芸能への傾倒は、元来有していた日本古典文学への関心と相俟って、日本人の美意識を論じるまでに至る。この論考は一九六九年にアメリカで英語版が出され、三十年後の一九九九年に日本語版が出版された(『日本人の美意識』中央公論新社)。

その後キーンは時間をかけて、古典から現代文学に至るまで日本文学全体を見通す仕事に携わり、それが大著『日本文学史(全十巻)』(中央公論社、一九八四—一九九二年)に結実した。この著作は、欧米で日本文学を研究する者だけでなく、日本人の読者・研究者にとっても、最大で最良の贈り物となった。[10]

注

1 Kenichi Yoshida, "The Literary Situation in Japan," *Encounter* (March, 1955) : 63-67. 以下のこの資料からの引証は、該当頁を本文中( )内に算用数字によって示す。実は、「エンカウンター」のこの号

の目次には、吉田が書評したのは、キーンの別の本 *Anthology of Japanese Literature, Vol.1*(New York : Grove Press, 1955) と書いてある。編集上の誤りだと思われる。

2 『ドナルド・キーン著作集』第十巻（新潮社、二〇一一年）、二〇八－二一一頁。以後この資料からの引証は、本文中に（キーン、該当頁）という形で示す。

3 エドワード・G・サイデンステッカー『流れゆく日々――サイデンステッカー自伝』（時事通信社、二〇〇四年）二四四頁。

4 W. G. Aston, *A History of Japanese Literature* (William Heinemann: London, 1899). アストンは全体を、古代―奈良時代―平安時代―南北朝・室町時代―江戸時代―東京時代（明治時代）というふうに分け、各時代の具体的文学者に言及している。しかし、「明治時代」の内容は、執筆時期が早すぎるため、まだ全体的な見通しが立っておらず、作家作品の取り上げ方も粗雑で、要を得ていない。だがこの本で、"Genji Monogatari" という章を設けて（92－103頁）、『源氏物語』の価値を英語で紹介したということは、特筆すべきことである。そのなかで、アストンは『源氏物語』とフィールディングやリチャードソンとの比較も試みている。おそらく、一九二〇年代に『源氏物語』を英訳したアーサー・ウェーリー（Arthur David Waley）は、このアストンの著作を読んでいたのではないだろうか。

5 アメリカ版『日本の文学』のバックカバーに印刷されている書評の一部を引用。この文章は、当時オクラホマ大学が発行していた雑誌 *Books Abroad* に掲載された書評の一部である。同誌は一九二七年創刊で、一九七六年に *World Literature Today* と名称を変更して今日でも刊行され続けている。

6 Frank Gibney, “A Different World,” *New York Times* (Nov. 13, 1955) BR 18.

7　吉田はのちに『交遊録』（一九七四年）の中で、キーンの『日本の文学』を「一種の奇蹟」と呼び絶賛しているが、「エンカウンター」掲載の書評が持論の展開にほとんど費やされ、余りにもおざなりであったために、その償いの意味も含まれているのではないだろうか（吉田『交遊録』一八〇－一八六頁）。

8　キーンはこれら以外に、島崎藤村、小林多喜二、林芙美子、火野葦平、堀辰雄に言及している。藤村の『破戒』は社会問題を扱っているという点で、他の明治時代の作家たちよりも、欧米人の読者を獲得するだろうと書いている。多喜二の「蟹工船」は、日本文学が、世界の文学の主流に対して、その地域的な変種を形作っていることを示す作品であるという。また、旧来の日本文学の伝統の一つである日記体で書かれた堀の『風立ちぬ』は、ジッドの『田園交響楽』の叙述を思わせ、日本と外国の文学的伝統が見事に融合したものであると評価している。火野の作品も日記体で書かれたという点に触れている（『ドナルド・キーン著作集』第一巻　八九－九三頁）。

9　ドナルド・キーン『二つの母国に生きて』（朝日新聞出版、二〇一五年）二一五頁。

10　キーンが新たに書いた『日本文学史』の「近代・現代篇」はアメリカでは次のような形で出版された、Donald Keene, *Dawn to the West* (New York : Holt, Rinehart and Winston, 1984).

第5章 文化自由会議とサイデンステッカー

1 文化冷戦と「文化自由会議」

第二次大戦が終了してまもなく、世界は米ソを両極とする東西冷戦の時代に入る。マッカーサーを最高司令官とする連合国軍の占領下にあった日本は、GHQの諸政策の下で「アメリカ化」が進展した。さらに両陣営間の最初の局地戦であった朝鮮戦争では、米軍の補給基地となり、それがもたらした特需で復興の糸口をつかんだが、政治経済におけるアメリカ依存の構図は不動のものとなった。

その一方、地球の裏側では別の動きがあった。朝鮮戦争勃発翌日の一九五〇年六月二十六日に、西ベルリンでは知識人たちの国際会議が開催されていた。その会議の名称が、本章のタイトルにある「文化自由会議」(Congress for Cultural Freedom) である。単刀直入に言うなら、この会議は、ソ連の文化戦略に危機感を抱いた西側の知識人グループが、反共産主義ないしは反ソ連の文化キャンペーンを行うために設立したものである。

この文化キャンペーンはその後世界中で展開することになるが、日本もその重要な拠点であったことが、様々な資料から窺い知れる。本項では、一九五〇年代の冷戦下で繰り広げられた東西両陣営間の「文化冷戦」の概略、そしてその前線基地となった日本がいかに関わったかについて見ていくことにする。その前に「文化冷戦」というあまり耳慣れない言葉について、若干の説明を付け加える必要があるだろう。

「文化冷戦」は、英語で言えば“Cultural Cold War”であるが、この用語は、イギリスのジャーナリストであり歴史家でもあるフランシス・ストナー・ソーンダースの著書のタイトルに由来する。[1]同書は、「文化自由会議」がどのようにして発足し、運営されたか、またＣＩＡが背後でどう動いたかについて詳細に検討しており、この方面の情報については、本書でも大いに参考にした。端的に言えば、「文化冷戦」とは、冷戦期に東西両勢力の間で繰り広げられた文化上の覇権争いのことである。そしてその発端となったのが、ベルリンにおける文化自由会議の開催ということになる。

西ベルリンで開かれた第一回文化自由会議には、一九五〇年代当時最も影響力のある欧米の第一級の知識人たちが顔を揃えた。名誉議長団に名を連ねているのは、バートランド・ラッセル、ジョン・デューイ、ラインホルト・ニーバー、ベネデット・クローチェ、カール・ヤスパース、ジャック・マリタンなどの著名哲学者たちである。

この頃の世界情勢といえば、一九四八年にソ連によるベルリン封鎖、翌一九四九年には中華人民共和国の成立、ソ連の核保有と東欧諸国の共産主義化など東側が攻勢を強め、米英を中心とする西側陣営とのあいだに緊張感が高まっていた。そしてそれに続いたのが朝鮮戦争である。だが、極東における軍事的な動きと、ベルリンにおける文化自由会議開催とは直接的な関係はない。むしろ背景にあったのは次のような事情である。

文化自由会議開催の一年前に、ニューヨークのウォルドーフ＝アストリア・ホテルにおいてもう一つの国際会議いわゆる「ウォルドーフ＝アストリア会議」が開催されていた。正式名称は「世界平和のための文化人科学者会議」というもので、アメリカだけでなく世界中から約八百人の芸術家、文学者、科学者などの知識人が集まった。

会議開催の背後には、アメリカ共産党とそれを支援するソ連政府の意向が働いていたのは明らかであった。当然、ソ連の代表団も出席している。会議の目的は「アメリカ批判とスターリンの文化・外交政策の擁護」にあった。つまり冷戦のさなか敵地に赴いて、堂々と反米キャンペーンを行い、共産主義勢力の拡大をはかったという図である。

こうした動きのなか、スターリン主義の独裁性と暴虐を熟知していた知識人たち（その多くは元共産党員であったか、少なくともスターリンが政治的実権を握る前に共産主義運動に加担したことのある面々であった）のあいだには、ソヴィエト共産党の影響力が西側の知的世界に及ぶのを阻止しようという機運が高まっていく。

この動きを放置しておけば、「平和」の名のもとにソ連のイデオロギーが浸透し、全体主義的政治体制が世界を覆い尽くすのではないかという恐れが、西側知識人のあいだに急速に広がっていった。ソ連国内での粛清はすでに多くの知識人が知るところであった。「文化自由会議」はそのような危機意識のもとで実現したのである。

東側の「ウォルドーフ・アストリア会議」の開催に対して、最初に反応したのは現地でその模様を見守っていたいわゆる「ニューヨーク知識人」たちである（第2章、注9参照）。この知識人グループはほとんどがユダヤ移民二世で、反スターリン主義を根幹に、当時ニューヨークを拠点に論陣を張っていた。なかでも強い憤りを感じたアメリカの哲学者シドニー・フックは、そのときの事情を詳細に伝えている。

フックは、会議開催当日、議長のハーバード大学天文学教授ハーロー・シャプリーに直接面談を求め、自分は会議への参加の申し入れを再三文書によって行ったが無視され続けたと訴えている。事実、この会議にはニューヨーク知識人は誰ひとりパネリストとして呼ばれていなかったのである（ただし、このニューヨーク知識人グループの論客の一人アーヴィング・ハウは、ステージの上ではなく、フロアー席から意見を戦わせた）。つまり、この会議の出席者の選考にあたって、政治イデオロギー的な判断がなされ、反スターリン勢力の排除が意図的に行われていたというのである。のちにフックは次のように回想している。

いま私には、あの会議が何であったかはっきりしている。念のため私は、ニューヨークの様々な左翼グループにいた友人知人に問い合わせ、さらに東部のいくつもの大学に電話をかけて調べた。それでわかったのは、あの会議に招待されていたあらゆる芸術・学問分野の人間たちのうち、ソヴィエトの外交政策および共産党の方針を公然と批判する者は誰一人としていなかったということだ。[2]

かつては左翼主義者として共産党と関わりをもっていたニューヨーク知識人たちは、すでに一九三〇年代半ばに党と決別し、反スターリン、反共産党（かならずしも反共産主義ではない）の姿勢を明確にしていた。さらに、ほとんどがユダヤ系であるニューヨーク知識人は、ユダヤ人革命家の多くが犠牲となったモスクワ裁判（一九三六―一九三八年）、スターリン＝ヒトラー条約すなわち独ソ不可侵条約（一九三九年）などを知るに及んで、彼らの反スターリンの姿勢は決定的となった。スターリンの反ユダヤ主義的姿勢に敏感に反応した結果でもある。

ニューヨーク知識人たちは左翼の中の反ソ主義者という当時では世界的に見ても珍しい左翼グループとして、独自の道を歩み始める。また彼らは、グループの拠点であった雑誌『パーティザン・レビュー』を介してヨーロッパの反ソ的知識人たちとの連携も強かったため、その独自のスタンスはヨーロッパの一部の知識人のあいだでも知られるところとなっていた。

第二次大戦後、米ソの対立構造が明確になると、左翼（あるいは元左翼）でありながらも、彼らは反ソ連のイデオローグあるいはソ連情勢の専門家として、偶然にもアメリカの外交政策に関与するまでになっていた。ちなみに、後にわかることになるのだが、シドニー・フックは当時、中央情報局（ＣＩＡ）の契約顧問を務めていた。こうした事情が、「文化自由会議」の結成に彼らを関わらせることになったといえる。[3]

2 CIAとユダヤ人の共同

文化自由会議の設立にはニューヨーク知識人以外に、アメリカ中央情報局すなわちＣＩＡが深く関与していた。この事実は長いあいだ秘密にされていたが、一九六六年に「ニューヨーク・タイムズ」がこれについて初めて報じた。だが、このことが広く知られ、一大スキャンダルになったのは、翌年の一九六七年五月に「サタデー・イブニング・ポスト」誌に、詳細を伝える記事が載ってからであった。

これを書いたのは五十年代当時ＣＩＡ職員であり一連の反共キャンペーンに関わったトーマス・ブレイデンである。内容は「ニューヨーク・タイムズ」の報道内容を追認するもので、記事の見出しには「私はＣＩＡが非道徳的であったことが喜ばしい」とある。ＣＩＡが反共キャンペーンのために、文化自由会議だけでなく様々な国で発行された雑誌、ヨーロッパでのボストン管弦楽団の演奏会や現代美術の展覧会、さらには各国の非共産党系の労働組合などに秘密裏に資金提供していた事実を明らかにしている。

見出しにあるように、ブレイデンは決して自分の行ったことを後悔してはいない。むしろ、冷戦のさなかソ連が、ヨーロッパの反米感情に乗じてアメリカを一方的に好戦的国家(war monger)に仕立て上げ、自らを平和の擁護者であるかのような宣伝活動を行っているのに対して、アメリカ政府が同様の対抗策を講じるのは当然のことであったと述べている。[4]

ブレイデンはこの記事の中で、CIAが文化自由会議とその機関誌「エンカウンター」に資金だけでなく工作員を送り込んでいたことも明らかにしている。具体的な名前は挙げられていないが、おそらく、文化自由会議に送り込まれた工作員とは、マイケル・ジョセルソン、「エンカウンター」誌に送り込まれたのはメルヴィン・ラスキーであると推測できる。その辺の経緯は次の通りである。

ニューヨーク大学教授シドニー・フックは、文化自由会議結成の十年前、彼の恩師であるジョン・デューイとともに、反ソ・反ナチの組織「文化自由委員会」(the Committee for Cultural Freedom)をアメリカにおいて組織していた。そして一九四九年、ウォルドーフ会議に憤慨した彼はニューヨーク知識人の有志とともに、ソヴィエト共産党の偽善を告発し、その拡大を阻止するための組織「知的自由アメリカ人同盟」(the Americans for Intellectual Freedom)を結成。これが、当時ワシントンのCIAに創設されたばかりの秘密機関「政策調整局」(OPC = the Office of Policy Coordination)の幹部の目にとまり、この知識人グループを糾合して、ソ連主導のウォルドーフ会議に対抗することが発案された。

その結果、OPCの関与を伏せたうえで、フックと彼の友人であるアメリカの作家ジェイムズ・

T・ファレル、そしてドイツとイタリアの同様の知識人たちがパリに集められ、一九四九年四月三十日に反ソ連の文化人会議が開催された。だが、この試みは組織の脆弱さと調整の不備で完全に失敗に終わった。フランス国内での反米感情を軽視したのが原因である。

それにもかかわらず、フックはパリに留まり、ドイツ在住のユダヤ系アメリカ人ジャーナリスト、メルヴィン・ラスキー（駐独アメリカ占領軍政府が後援するドイツ語の雑誌「デル・モナト」*Der Monat* の編集責任者）と、欧米の知識人から成る永続的な反共組織の結成について話し合う。

同年八月、ラスキーはドイツの元共産党員幹部の二人とフランクフルトで会談し、ベルリンで非共産党系左翼の知識人たちによる国際会議を開催できるかどうかについての可能性を探った。当時のベルリンは、ソ連による封鎖が米軍の空輸によって解除されたばかりで、反ソ・親米的ムードがにわかに高まっていた。

しかも会議開催予定の西ベルリンは、共産主義の海のなかに浮かぶ自由主義の孤島のような存在であった。したがって、危険はともなうものの、ニューヨークで開かれたウォルドーフ会議に対抗するには絶好の場所であった。この話し合いの後に、ラスキーはもう一人の人物と会談をもつ。

その人物とは、当時やはりベルリンのアメリカ占領軍政府民生局に勤務していたマイケル・ジョセルソンである。彼はエストニアでユダヤ商人の息子として生まれたが、ロシア革命のさなかベルリンに難を逃れ、ベルリン大学とフライブルグ大学で学んだ。在学中からアメリカ・ユダヤ資本のギンベルズ＝サックス社のバイヤーとして働き、ベルリン大学で学位を取得したのち、パリを経てニューヨーク本社に移った。

一九四二年にはアメリカ国籍を得ている。ナチによるホロコーストが本格化している時期のことである。いわば彼はソ連とナチ両方の被害者であり、さらにはドイツ語、ロシア語、フランス語、英語を同様に操ることができたという点で、会議のコーディネーターとしては求めうる最適の人物であった。

二人でベルリンにおける国際会議開催について入念に検討したのち、ジョセルソンは進んで会議の推進役を引き受けることを申し出た。そのとき彼は共産主義者の手から文化における根本的理想すなわち自由と平和を取り戻し、あらゆる形態の全体主義と闘うことが自分の役目であると自覚していた。

彼はすぐさま占領政府を辞職し、会議を総括する事務局長に就任した。背後で、CIAの秘密機関OPCは会議開催のために五万ドルを準備した。実は、のちに明らかになったことだが、ジョセルソンは当初からCIAと文化自由会議の橋渡し役をつとめており、かつCIAから給料をもらっていた。一九六七年に、前述の「サタデー・イブニング・ポスト」誌の記事で、CIAの資金援助と彼の役割が明るみになった後、責任をとって辞任している。少なくとも彼だけは、CIAの関わりの詳細を最初から知っていたにもかかわらず、文化自由会議のメンバーたちにそのことを隠し続けていたことになる。

さらにもう一人、会議の結成に関わったユダヤ系知識人がいる。ハンガリー生まれのイギリスの作家アーサー・ケストラーである。スターリン体制の闇を描いた小説「真昼の暗黒」（一九四〇年）の作者であり、すでに強力な反共イデオローグとして世に知られていた。その彼もジョセルソンとラスキーとともに、ベルリンでの会議発足に奔走した。

ケストラー自身もまたユダヤ人で、共産党に入党していた時期もあるが、スターリンの独裁主義に幻滅したのちは、トロツキストであったこともあった。ニューヨーク知識人との関係でいえば、ケストラーは一九四七年から四八年まで、この知識人グループの機関紙ともいえる「パーティザン・レビュー」のロンドン特派員を務めたこともあった。

こうしてみると文化自由会議の発足には、ユダヤ系を中心としたニューヨーク知識人とその周辺のユダヤ系ヨーロッパ知識人が強く関係していたことが確認できる。その背後にCIAの関与があったにせよ、これらのユダヤ系知識人たちの人脈と強い意志がなければ、会議は成立していなかったといっても過言ではない。むしろそれをアメリカ政府とCIAは、対ソ連政策の推進のために利用していたと考えられる。

のちに「ニューヨーク・タイムズ」のローレンス・ザッカーマンは、この両者の関係を、金持ちのアイヴィー・リーグ出身のCIA指導者たちと、元共産主義者であるユダヤ系知識人の「奇妙な連合と」と呼んでいる。[5] 確かに、片やアメリカの主流をなすWASP（英国系白人プロテスタント）のエリートたち、片や貧しい移民社会出身のユダヤ人たちという構図であるが、その後のアメリカのエリート社会のありようを予見させるものとして興味深い。

他方、「エンカウンター」の共同編集人の一人となったアーヴィング・クリストルは、いわゆるニューヨーク知識人のなかでシドニー・フックとともに保守化の傾向を示し始めたグループの一人である。他のニューヨーク知識人の多くと同様、彼もニューヨーク市立大学の学生時代はトロッキストであったが、その時期にメルヴィン・ラスキーと知り合っている。

その後、早いうちに共産主義から離れ、一九四七年には、ユダヤ系の知的政治・文芸誌「コメンタリー」(*Commentary*)の編集長に就任している。また、一九五一年には、文化自由会議のアメリカ支部としての機能を担ったアメリカ文化自由委員会(American Committee for Cultural Freedom)を、フックなどとともに結成している。

この組織には、二人以外にも、文芸批評家のライオネル・トリリングとダイアナ・トリリングの夫妻、美術評論家のクレメント・グリーンバーグ、「コメンタリー」誌初代編集長のエリオット・コーエン、「パーティザン・レビュー」誌の共同編集者フィリップ・ラーヴとウィリアム・フィリップス、社会学者ネイサン・グレイザー、批評家ノーマン・ポドレッツなど主だったニューヨーク知識人が含まれ、冗談交じりに「アッパー・ウエストサイドのキブツ」と呼ばれるほどだった(「アッパー・ウエストサイド」とは、セントラルパークの西側に位置する高級マンション街で、「キブツ」とは、イスラエルの農業共同体である)。こうしてみると、文化自由会議創設の当初から、ユダヤ人は深く関わっていたと言わなければならない。

これまで見てきた経緯の結果、文化自由会議は、その本部をパリに置き、第一回大会を一九五〇年六月二十六日、西ベルリンで開催することとなった。この会議に集まった各国の主だった知識人は、以下のとおりである。ユダヤ系の場合はあえてそれを明記した。

〈アメリカ合衆国〉

哲学者ジョン・デューイ、批評家アーヴィング・クリストル（ユダヤ系）、歴史学者アーサー・シュレジンジャー（ユダヤ系）、社会学者ダニエル・ベル（ユダヤ系）、哲学者ジェイムズ・バーナム、劇作家テネシー・ウィリアムズ、原子力委員会委員長デイヴィッド・リリエンタール（ユダヤ系）、原子物理学者ジュリアス・ロバート・オッペンハイマー（ユダヤ系）、ロシア通の外交官ジョージ・ケナン、作曲家ニコラス・ナボコフ（ロシア生まれ、作家ウラジミール・ナボコフは従兄）

〈イギリス〉

哲学者バートランド・ラッセル、詩人スティーヴン・スペンダー（父方がユダヤ系）、作家ジョージ・オーウェル、批評家ハーバート・リード、作家アーサー・ケストラー（ユダヤ系）、哲学者A・J・エア（論理実証主義の中心人物）、ヒュー・トレヴァー＝ローパー（歴史学者）

〈フランス〉

社会思想家レーモン・アロン（ユダヤ系）、作家ジュール・ロマン

〈ドイツ〉

社会学者アルフレッド・ウェーバー（マックス・ウェーバーの弟）、社会学者フランツ・ボルケナ

ウ（ユダヤ系）
〈イタリア〉
作家イグニャチオ・シローネ
〈ハンガリー〉
物理化学者であり哲学者マイケル・ポランニー（人類経済学のカール・ポランニーの弟で、ユダヤ系）

これ以外に、祝電その他で賛意を表明したものの中には、アンドレ・ジッド、アンドレ・マルロー、ジョン・ドス・パソスなどの著名作家、神学者のラインホルト・ニーバー、生物学者のジュリアン・ハックスレーなどがいた。

ベルリン会議の模様は、シドニー・フックが「パーティザン・レビュー」誌上で報告しており、なかでもアーサー・ケストラーの基調報告の内容を詳しく伝えている。ケストラーは演説の中で、左翼か右翼かの選択はもはや意味をもたないとし、現時点における争点は、「〈全くの専制政治〉である共産主義をとるか、〈相対的に自由〉である民主主義をとるかである」と強く主張している。今から七十年以上前のこの言葉は図らずも、現在の世界情勢を予見しているかのようである。

私が調べた限りでは、ヨーロッパから遠く離れた日本のジャーナリズムは、朝日、毎日、読売、日経、いずれもベルリンの文化自由会議については何ら報じていない。無理もないことで、会議開催の前日に北朝鮮軍が突然南下し朝鮮戦争が勃発していたからである。新聞各社は、刻々と入ってくる戦争に関する情報を懸命になって追いかけていた。つまり、地球の裏側で開かれている国際会議の模様を伝える余裕はなかったのである。

しかし、翌一九五一年の五月になると、「中央公論」が「世界知識人のベルリン文化自由会議報告書」と題した詳細な報告記事を、「付録」として三十八頁に渡って掲載している。[6] ジュール・ロマンによる「開会の辞」のあと、会議の基調報告として、前述のケストラーとは別に、ニューヨーク大学教授ジェイムズ・バーナムが、「今世紀の緊張と圧迫とによって、我々の世界は自由と奴隷制のどちらを選ぶか、ぎりぎりのところまで追い詰められているのである」と、ケストラーとほぼ同様の危機意識を表明している。[7]

ドイツの哲学者であるカール・ヤスパースは、上の二人とは異なった視点から反戦争論を展開し、自由を守り、戦争の暴力を回避するには、「粗雑な概念による」大衆運動よりも、知識人の真摯なる思考が重要であると説いた。なぜなら、「真なるものはいわゆる精神的な人、すなわち学問の研究者と哲学者、批評家と詩人、政治家、文学者、知識人と大学教授によって、はじめて伝えられ得るものとなり、効果的となる」からであると述べた。[8]

さらに注目すべきは、報告書冒頭の「会議とその後の運動」と題された記事に、「現在すでにドイツ、フランス、イタリア、イギリス、アメリカに委員会が結成されており、インドでもこの三月二十八日から四日間会議が開かれ、委員会が正式に結成される。日本でも結成準備中であり、インド会議には日本連絡事務局を代表して荒畑寒村氏が出席する」とあり、文化自由会議の日本での活動予定が明記されていることである。

実は、「中央公論」に掲載されたこの報告書は、「文化自由会議日本連絡事務局編」となっており、すでに日本において文化自由会議の支部のようなものが存在していたことが窺い知れる（この事務局が後に述べる「日本文化フォーラム」の母体であると思われる）。[9] そして、この報告書自体が、文化自由会議のパリ本部から送られてきた原文の翻訳である可能性が極めて高いが、それを伝える記述はない。

また、「中央公論」編集部が、この報告書全文を「付録」として独立性を持たせたのは、この掲載が外部組織からの依頼によってなされたものであり、内容について同誌編集部は関知しないという立場表明であろう。またこの時点では、文化自由会議の日本における拠点となるべき雑誌『自由』は創刊されておらず（創刊は八年後の一九五九年十一月）、その代わりに、文化自由会議日本連絡事務局が「報告書」の公表場所として「中央公論」を選択したものと思われる。

この報告書が掲載された号の翌月号には、「印度文化自由会議への旅」と題する荒畑寒村の記事が載っている。前述のとおり、荒畑は日本連絡事務局の代表としてこのインドでの会議に派遣されたが、これはその際の報告記事である。しかし、実際には飛行機のエンジン故障で会議開催期間には到着が間に合わず、会議終了後に現地の関係者から入手した資料を基に荒畑がまとめたものである。

荒畑は、出席者の発言内容の要点を個々に報告したうえで、最後に、前年のベルリン会議で採択された「宣言」の一部を引用して記事を締めくくっている――「われわれは精神の自由とは、譲渡すべからざる人権の一なることを自明の真理だと考える。――この自由は、第一に自己の意見を形成し表白する個人の権利の中にある」。

「印度文化自由会議」は、全体的にはスターリンの全体主義に反対する姿勢が基調としてあるが、かといって、完全なアメリカ寄りでもない。これには、当時インドがとっていた中立政策が反映しているだろう。荒畑は文化自由会議がヨーロッパで開催されて一年もたたないうちに、アジアのインドで開催されたことの意義を強調している。記事の最後の方で、荒畑は、四月二十六日(一九五一年)に日本においても、「文化自由委員会」が正式に発足したと記している。[10]

3 「エンカウンター」誌とサイデンステッカー

先述のように、「エンカウンター」は、文化自由会議の機関誌として創刊された雑誌である。雑誌創刊の背景には、CIAとイギリスのMI6の協力があった。これら米英の諜報機関はそれまで、イギリスの左翼系政治・文芸誌「ニュー・ステイツマン」(*New Statesman*)に対抗するために様々な知的雑誌を支援してきたが、はかばかしい結果が得られなかった。知的であるということが、即ち左翼であるという風潮がイギリスないしヨーロッパで支配的であったからだ。これを打破するためにも、非左翼的、かつ知的な有力雑誌の創刊が急務だったのである。そのような中で「エンカウンター」創刊の構想が持ち上がった。

まずは編集人を誰にするかについて討議が重ねられ、結局英米の二人の知識人が選ばれた。イギリスの詩人スティーヴン・スペンダーと、アメリカの批評家アーヴィング・クリストルである。スペンダーはオックスフォード大学の学生時代に、W・H・オーデンに強い影響を受け、またT・S・エリオットとも関係があった詩人である。三十年代には一時期共産党に入党したこともあるが、まもなく離党し、反共的知識人になる。戦後の冷戦状況の中では、「ヨーロッパ精神」を守るにはアメリカの自由な文化や教育を導入する必要があると述べている。彼の父はユダヤ人である。

さらには、文化自由会議の中心メンバーになっていくフランスの社会思想家レーモン・アロンもユダヤ系であり、イギリス人のスペンダー同様、スターリンに対抗するには、アメリカの指導力を受け入れざるを得ないという認識をもっていた。ヒトラー、スターリンと、二度も迫害を受けたユダヤ系知識人たちの間に、全体主義に対する嫌悪感ないしは恐怖感があったとしても不思議はないだろう。ユダヤ系哲学者ハンナ・アーレントの著作『全体主義の起源』に言及するまでもない。

また、戦争で疲弊していた当時のヨーロッパ知識人のなかに、マーシャル・プランやNATOのような経済的軍事的支援だけでなく、文化面でもアメリカに依存する傾向があったということもあるだろう。それだけソ連の勢力拡大は脅威だったのである。またアメリカにとっても、ソ連への対抗上、ヨーロッパと連携することは国益にかなっていた。

無論、「エンカウンター」に関わった知識人のほとんどは、英米の諜報機関、とりわけCIAの

「エンカウンター」および文化自由会議への関与については一切知らされていなかった。西側諸国の第一級の知識人たちはそうとは知らず、創刊から約四半世紀の間、それぞれ自由な立場から、芸術文化、政治、社会などあらゆる分野の世界状況について自由闊達な議論を繰り広げたのである。

彼らに共通していたのは共産主義勢力から自由を守るという一点のみであった。また組織としての文化自由会議はあらゆる文化領域において活動を展開し、その支部は日本を含めて世界三十五ヵ国に置かれていた。

日本に目を転じると、一九五〇年代初頭には、すでにサイデンステッカーは日本に在住しており、彼はこの日本の地で文化自由会議と関係を持つことになった。先述のとおり「エンカウンター」の一九五三年一月の創刊号（同誌は月刊）には、サイデンステッカー訳の太宰治の短編二篇が掲載されている。この他に、文化自由会議の発足に深く関わったメルヴィン・ラスキーの日本レポートが第二号と第三号に連載されている。欧米だけでなく世界中の読者を対象としているはずのこの国際雑誌に、創刊号から三号にわたって日本関係の記事が続いたのは、どういう事情からなのだろうか。

恐らく、朝鮮戦争のおかげで、極東における日本の重要性が急激に増したため、共産主義の浸透を食い止めるためには、この国の文学や文化も味方に引き入れておく必要性があると、「エンカウンター」編集部が感じたからであろうと思われる。少なくとも、同誌の日本関係の記事が、欧米知識層の目を日本に向けさせることになり、それを通じて相互の文化理解を促進することができると踏んだのであろう。

サイデンステッカーが「エンカウンター」から翻訳の依頼を受けたのは、一九五二年以前であろうと思われる。なぜなら、太宰の作品の翻訳が載った創刊号は一九五三年一月の発行であるから、遅くとも前年には原稿依頼がなされていなくてはならないからである。ではなぜ太宰を選んだのか。

東大時代（一九五〇年からの約二年間）にサイデンステッカーは、平安文学の研究をする傍ら「日本の近・現代の代表的な名作は事実上すべて読破した」という。そのほとんどは戦前からいつも出版されていた「文学全集」を通じてであったようだ。[11] それよりも前、一九四八年には太宰の「斜陽」を読んでいた。この作品は彼が初めて原文で読んだ現代文学であったという。[12]

この年に太宰は玉川上水に飛び込んで自殺しており、当時最も話題となっていた作家である。このような事情もあって、太宰を訳すことに決めたのだと思われる。また、訳された二つの短編は、きわめて短い小品で、短い時間で英訳原稿を仕上げるには、手ごろな長さであった。

後に詳述するが、翻訳するに当たっては、当時、日本ペンクラブ会長をしていた川端康成が、太宰の未亡人から許可を取ってくれた。この時の縁から川端との親交が始まり、さらにはいくつもの作品の翻訳を通じて両者の関係は深まる。ひいてはそれがノーベル賞受賞にまでつながったことは言うまでもない。

その一方で、サイデンステッカーは、文化自由会議との関係をさらに強めていく。彼の自伝にはこうある、「一九五〇年代の後半から一九六〇年代の初めにかけて、私はパリの文化自由会議本部と、その東京支部にあたる日本文化フォーラムの連絡係を務めていた」。「日本文化フォーラム」とは、高柳賢三、木村健康、竹山道雄、平林たい子、林健太郎、関嘉彦らの保守派の知識人が集って、一九五五年に設立された知的サロンであった。[13]

サイデンステッカーが述べているとおり、それが文化自由会議の東京支部の役割を果たしていたとすれば、文化自由会議に集まった欧米知識人たちと日本文化フォーラムに集まった日本の知識人たちは、本人たちにその自覚があったかどうかは定かではないが、互いにはるか遠くにありながらも連携していたことになる。

そのような中、サイデンステッカーとCIAとの関係も日本国内で噂された。実際は、友人を通じて間接的にCIAと関係があったということらしい。「なんらかの関係があったとすれば、CIAにいる友人のために、日本語の資料を翻訳したことがあるくらいのものだ」と自伝の中で書いている。[14]

戦時中は日本語専門の日本語情報士官として軍に勤務し、戦後も日本語エキスパートとして外交官を務め、さらには東京大学で日本文学を研究した。このような経歴からすれば、アメリカ政府ないしはCIAからサイデンステッカーに何らかの形で白羽の矢が立つことは十分にありうると考えてよいだろう。サイデンステッカーは「エンカウンター」だけでなく、次に詳述する日本の雑誌「自由」にも盛んに寄稿し、反進歩派の論客として頭角を現すようになっていく。

4　「自由」誌と日本文化フォーラム

一九五九年、日本で月刊誌「自由」が創刊される。編集委員は、上記の日本文化フォーラムのメンバーから、高柳賢三が抜けて別宮貞雄が加わっただけの陣容で構成されている。[15] その後「自由」は、二〇〇九年まで保守派のハイブラウな総合雑誌として発行され続け、一時期は「中央公論」や「世界」と肩を並べるほどの影響力を持った。

反安保が論壇の主流であった当時の世相を考えるなら、「日米安保支持」と「反共」で大同一致していた日本文化フォーラムと「自由」は、「保守・反動」以外の何物でもなかった。そのため、「朝日新聞」に政治漫画を連載していた横山泰三は一九六二年三月十九日の同紙に、右側に「自由」、左側に「世界」を配置した漫画を描き、その下に「両誌には相互排除的なところがある」というキャプションを付けたほどである。[16] 六十年代の「自由」の発行部数は、多い時で二万部ほどだった。

先述のF・A・ソーンダーズがその著書で明らかにしたところによると、世界に同様の雑誌がいくつも存在したが、そのなかでも「自由」は文化自由会議が最も熱心に支援した雑誌の一つであったという。つまり文化自由会議は、日本のこの雑誌を西側の文化戦略のアジアにおける拠点として機能させようとしたことが窺い知れる。そこからさらにわかるのは、日本という国がそれだけ、反共産主義の砦として重要とみなされていたということである。その点で、「自由」はいわば極東の「エンカウンター」とでも呼ぶべき存在であった。

この雑誌の創刊から一年足らずで、発行元の出版社が至誠堂から自由社へと変わる。この変更に関しては、文化自由会議の意向が働いていた。ソーンダーズによると、変更の理由は、「日本の知識人たちの反米感情を緩和するという同誌の試みが当初あまりにも手ぬるいため、この雑誌をパリ本部の直接管理の下に置くことにした」からとしている。[17]

新しく版元になった自由社は、政財界に多くの人脈を持つ石原萠記が設立し社長を務める会社であり、また石原は日本文化フォーラムの専務理事でもあった。したがって、文化自由会議は発行元を自由社に変更することで、日本文化フォーラム（文化自由会議東京支部）を通じてパリ本部の意向を直接雑誌に反映させようと目論んだのだと考えられる。

これとは別に、朝日総研の上丸洋一が、日本文化フォーラム成立の事情を探っている。それによると、GHQの将校として占領下の日本に滞在していたハーバート・パッシン（次章で詳しく触れる）が、文化自由会議の日本支部を作る仕事を任されていた。パッシンは、他方で、文化自由会議の財政支援をしていたアメリカのフォード財団の東アジア関係顧問を務めていた。このような関係は、Ⅲで触れる他の事例でも見られる。

パッシンは、一九五五年当時、社会党右派の政治家になるための選挙準備をしていた石原萠記に、文化自由会議のために働かないかと声をかけ、石原はその年に文化自由会議の連絡員になった。そしてさっそく、当時共産党の影響下にあった「民主主義科学者協会」に対抗する目的で、東京都立大学教授関嘉彦らと相談しながら、組織作りを行う。

その結果一九五六年に成立したのが、「日本文化フォーラム」であった。メンバーは前述のとおりである。この日本における二つの知識人団体が成す東西冷戦の構図は、前に見たような欧米における「世界平和のための文化人科学者会議（ウォルドーフ・アストリア会議）」対「文化自由会議」の構図とパラレルの関係にあるといえる。

なぜ石原に声がかかったかについては、上丸は、「文化自由会議を支援していたフォード財団を動かしていたのが、リベラルな国際協調主義者たち」で、共産主義化を防ぐには、英国労働党のような社会民主主義が好ましいと考えていた。それに合致したのが、当時、社会党右派の流れを汲む石原であったと説明している。[18] ちなみに、前述の関嘉彦教授はイギリス労働党の研究者である。

他方、サイデンステッカーは、「エンカウンター」だけでなく「自由」にも度々寄稿していた。その一部はいわゆる政治評論で、大方は日本の左翼勢力ないしは反米平和論者に対する批判であった。これはいわば、文化自由会議のラインに沿ったものといってよいだろうが、そのおかげでサイデンステッカーは、右寄りの人間だと思われていた節がある。

しかしそのこととは別に彼は、日本文学研究者として重要な仕事も行っていた。現代作家論を「自由」に毎号一作家ずつ九回にわたって載せていたのである。扱った作家は、永井荷風、谷崎潤一郎、川端康成、志賀直哉、太宰治、林芙美子、武田泰淳、武者小路実篤、三島由紀夫で、いずれも本格的な作家論である。[19]

この一連の作家論は、スタンフォード大やミシガン大などで行った日本文学の講義を基礎にサイデンステッカーが英語で書き、それを佐伯彰一が日本語に訳したもので、早くも一九六〇年代前半の時点で、アメリカの大学で、本格的に現代日本文学が講じられていたことを示している。川端康成がノーベル賞を受賞する数年前のことである。

この「自由」における連載は、一九六四年に一冊にまとめられ、『現代日本作家論』というタイトルで新潮社より刊行された。この当時、西洋人が日本の現代文学を作家別に論じたものは他になく、ドナルド・キーンさえも、本格的に現代作家論を展開するのは一九八〇年代に入ってからである。

サイデンステッカーは、各々の作家論の随所で、西洋文学とりわけ英米文学との比較を行なっており、アメリカ人らしい独自な視点が興味深い。「自由」は、サイデンステッカーの評論以外に、数多くの日本人作家の作品は無論のこと、同時代の外国人作家の作品の翻訳も掲載しており、「エンカウンター」と同様、国際文芸誌としての性格も明確に打ち出していた。

また雑誌「自由」には、「エンカウンター」誌の広告が頻繁に掲載されていた。その広告では、「エンカウンター」誌の記事の内容が英語で紹介されている。広告を載せていたのは洋書取次の会社「タットル商会」(のちに「タトル」と改める)で、宣伝文句には、「本誌「エンカウンター」は、この種の月刊誌としては世界で最も広く読まれている」とある。

こうして見ると、「自由」は極東にありながらも、「エンカウンター」と同様に、文化自由会議の文化戦略の重要な一端を担っていたことがわかる。そして、同会議の東京支部である日本文化フォーラムという組織は、出版や様々な文化イベントを通じて、東側との文化冷戦を戦いぬくための、極東に設けられた拠点であった。

注

1 Frances Stonor Saunders, *Who Paid the Piper?: The CIA and the Cultural Cold War* (London: Grant Books, 1999). この本は、東西冷戦当時、ソ連の文化戦略に対して西側勢力がいかに対抗したかについて、著者自らが発掘した資料やインタビューなどをもとに明らかにし、注目を集めた。十五か国語に翻訳されている。

2 この会議には、ニューヨーク知識人は参加を拒否されたが、実は、それに属さないユダヤ系知識人は多く参加している。レナード・バーンスタイン、リリアン・ヘルマン、アーロン・コープランド、クリフォード・オデッツ、アーサー・ミラー、アルバート・アインシュタインなどである（彼らの幾人かはのちに、マッカーシーの赤狩りの対象となる）。さらには、二十代のノーマン・メイラーも参加しており、彼はフロアーから、ソ連もアメリカもその侵略主義的外交政策によって平和共存への道を閉ざしていると両陣営を非難し、会場を騒然とさせた。彼がまだニューヨーク知識人の一員になる前のことであるが、彼のその後の不偏不党の批判精神がすでにこのとき発揮されていたといえる。

2 Sidney Hook, "The Communist Peace Offensive," *Partisan Review* 51, Double anniversary issue (1984): 694.

3 この辺の事情については、拙稿「文化自由会議とユダヤ系知識人」、『ユダヤ・イスラエル研究』第二二号に詳述した。

4 Thomas W. Braden, "I'm glad the CIA is 'Immoral'," *The Saturday Evening Post* (May 20, 1967): 13.

5 Laurence Zuckerman, "How the Central Intelligence Agency Played Dirty Tricks with Our Culture," *The New York Times* (March 18, 2000).Web.

6 「中央公論」一九五一年五月号、二〇三―二四〇頁。原文は旧漢字を使用しているが、本稿では新漢字に変更した。同雑誌からの他の引用箇所も同様。

7 「中央公論」、二二一頁。

8 「中央公論」、二二七頁。

9 この連絡事務局には、石原萠記が関わっていた。石原は一九五〇年代半ば頃に日本文化フォーラムの事務局長を務めるようになる。エドワード・G・サイデンステッカー『流れ行く日々――サイデンステッカー自伝』(時事通信社、二〇〇四年)一四一頁。また、『現代評論家人名事典(新訂第3版)』(日外アソシエーツ、二〇〇二年)には、「昭和三十年(一九五五年)国際文化自由会議(在パリ)の日本駐在員となり、内外知識人の人的交流、国際会議などの主催のため、西欧、アジアを中心に歩く」とあるが、「中央公論」に「報告書」が掲載された一九五一年の時点では、日本文化フォーラムはまだ設立されておらず、「文化自由会議日本連絡事務局」あるいは「文化自由委員会」と称する団体が文化自由会議の日本支部の役割を担っていたものと思われる。そしてそれに関係していた人物として、ハーバート・パッシンの名が挙げられる。石原萠記、藤岡信勝、加瀬英明、西尾幹二、「新春座談『自由』五十年の歩み――言論の自由を守った闘い」『自由』二〇〇八年二月号、二六頁。ハーバート・パッシンはさらに、一九五四年 から 一九五七年まで、「エンカウンター」の極東支部(在東京)代表も務めていた。Paul Lewis, "Herbert Passin, 86, *Japan Scholar and Writer*," (Obituary) *New York Times* (March 9, 2003). Web.

10 『中央公論』一九五一年六月号、一〇五頁。『中央公論』以外では、『朝日ジャーナル』が一九六七年に、クリストファー・ラッシュの「文化の反共戦争」（米誌『ネーション』からの転載）と題した、文化自由会議に関する論文を三週に渡って掲載している。

11 サイデンステッカー、一二三頁。

12 同、六六頁。

13 同、一四五頁。日本文化フォーラムの事務局は「文化自由館」と名づけられ、その所在は、東京都港区麻布新竜土町となっており、現在の六本木七丁目で、国立新美術館が建っているところ辺りである。かつては旧陸軍の歩兵第三連隊の駐屯地で、戦後は恐らく占領軍に接収されていた土地であろうと考えられる。二〇〇七年に美術館が建つ前は、東京大学生産技術研究所の建物があった。各知識人の略歴は次の通り、

高柳賢三（一八八七―一九六七）、東大法学部教授、専門は英米法、一九五七年憲法調査会長。日本文化フォーラム初代会長

木村健康（一九〇九―一九七三）、東大教授、専門は経済学。

竹山道雄（一九〇三―一九八四）一高教授、独文学者、作家。ニーチェ研究家としても知られる。小説『ビルマの竪琴』で人気を博す。

平林たい子（一九〇五―一九七二）、小説家。戦前はプロレタリア作家として活躍。戦後は反共主義の姿勢を強める。

林健太郎（一九一三―二〇〇四）、東大教授、専門は西洋史学。戦前は反ファシズム論者。戦後は、保守派に転じ、文学部長として一七二時間におよぶ学生との団交にあたる。その後東大総長、参議

院議員を歴任。

14 関嘉彦（一九一二―二〇〇六）、旧都立大教授、専門は社会思想史。民社党の結成に参加、参議院議員。

15 上記以外に、法哲学者の尾高朝雄、石坂洋二郎、丹羽文雄、中村光男、小松清、植草甚一、三好十郎、別宮貞雄、吉田秀和、気賀健三、大来佐武郎、宮沢俊義、猪木正道、中村菊男、高橋義孝、円城寺次郎、土屋清らが参加した。

16 同、一五四頁。

17 「編集後記」「自由」一九六〇年三月号、一六〇頁。

18 上丸洋一「『諸君！』『正論』の研究5」「朝日総研リポート：ＡＩＲ２１」二〇〇六年二月号、七九頁。

19 Saunders, 216.

上丸洋一、七八‐八九頁。

各掲載号は次の通り、「永井荷風」（一九六二年七月号）、「谷崎潤一郎」（一九六二年九月号）、「川端康成」（一九六二年十一月号）、「志賀直哉」（一九六三年一月号）、「太宰治」（一九六三年五月号）、「林芙美子」（一九六三年五月号）、「三島由紀夫」（一九六三年七月号）、「武田泰淳」（一九六四年一月号）、「武者小路実篤」（一九六四年三月号）。

第6章 「エンカウンター」誌が伝えた戦後日本文化

1 メルヴィン・ラスキーの日本レポート

前章でもふれたように、創刊まもない「エンカウンター」誌上に二号に渡って日本レポートが掲載された。書いたのはメルヴィン・ラスキーというアメリカのジャーナリストであり、同誌の共同編集者である。ニューヨーク生まれのユダヤ系アメリカ人で、アーサー・ケストラーとともに、ベルリンにおける文化自由会議開催（一九五〇年）に尽力し、それ以降長きにわたって文化自由会議で重要な役割を担った人物である。

その出自と経歴（ニューヨーク出身でユダヤ系）のためか、これまで再三言及してきた「ニューヨーク知識人」の一員と見なされることが多い。そもそも文化自由会議はニューヨーク知識人の面々が多く関与しているのは事実であり、文化自由会議のヨーロッパ系のメンバーにもユダヤ人が多数存在する。ケストラーもその代表的な一人で、ハンガリー生まれの英国ユダヤ人だが、彼もニューヨーク知識人と関係が深かった。

ラスキーの日本レポートのタイトルは「センチメンタルな日本旅行者」("A Sentimental Traveller in Japan")となっている。もちろんこのタイトルにある「センチメンタル」とは、戦後大流行したドリス・デイの歌「センチメンタル・ジャーニー」を意識したものと思われるが、むしろ十八世紀の英国作家ロレンス・スターンが書いた同名の旅行記を念頭に置いていたのかもしれない。スターンの作品では語り手が、旅先で様々な出来事に出合い、その一つ一つをユーモラスで人情味あふれる文章で綴っているが、それと同様に、ラスキーは戦後の日本に足を踏み入れ、そこで見聞した人や事象を、先入観にとらわれることなく驚きと感動をまじえながら率直に伝えている。

少なくとも第二号に掲載した前半部分にはそれが表れている。焼け跡から急激に復興を遂げていく東京の街の風景、あでやかな着物を着た女性たち、ストリップ・ショー、パチンコ、「パンパン」、銭湯などの風俗を伝え、また、新宿の歓楽街を、ロンドンのピカデリー、ニューヨークのブロードウェー、パリのモンマルトルになぞらえている。これらに関する写真も掲載され、当時の日本の現実がリアルに報告されている。風俗以外にも、日本の新聞社に赴いて知った日本語の表記(カナ漢字混じり)の複雑さと印刷における煩雑さ、日本光学(現在のニコン)を訪ねて実体験した日本の高度な技術、これらに対するラスキーの驚嘆ぶりが窺える。

だがもちろん、風俗、言語、技術力だけではない。ラスキーは文化自由会議の特派員として、日本の政治・文化状況もつぶさに伝えている。この連載記事を書いたのは一九五三年で、朝鮮戦争が休戦する直前であった。西側ジャーナリストの目から見れば、日本を含む極東は明らかに冷戦における東の前線であった。

たとえば、中国大陸に関する気象情報には報道管制がしかれていたことなどを、彼自身のベルリン（冷戦における西の前線）での経験と比較して伝えている。[1] また、スターリンが死んだのも彼の日本滞在中で、その直後には『スターリン全集』を買い求める客が書店にあふれ、一日に千セットも売れたと書いている。[2] 日本でのスターリン信仰がその当時いかに根強かったかが窺える。それもそのはず、フルシチョフのスターリン批判は三年後の一九五六年である。

次の号（第三号）に掲載されたラスキーの日本レポートの後半は、日本の政治と言論の状況をさらに掘り下げ、その政治風土の特殊性、知識人の「不可思議な」傾向などを、アメリカ人の目で鋭く分析している。最初に伝えられるのは、北海道根室沖で約四百人の日本の漁民が行方不明になった事件である。さらには、ソ連の軍用機が北海道の沿岸に接近し米軍機がスクランブルをかけたという事実が紹介され、日本北部に迫りくるソ連の脅威がリアルに伝わってくる。

また、ラスキーは言論界の様子を知るために、日本の「インテリ」たち、すなわち大新聞の編集者や記者、知的総合雑誌の関係者、左右両勢力の政治家たち、大学生、文芸批評家や作家たち、総評のリーダーなどと直接会って取材している。その結果わかったのは、日本の知識層に蔓延する左翼主義、しかも「洗練されておらず、幼稚な」左翼主義の根強さである。しかもそこには、左翼でなければ知的ではない、というような風潮さえあると指摘している。[3]

ラスキー自身が、ニューヨーク出身のユダヤ系左翼知識人（一時期はトロツキスト）であった経験があり、スターリンの独裁主義を知るに及んで、反ソ連ないしは反共産主義に転じたのであるから、左翼ないしは共産党勢力の何たるかは、彼自身のアメリカとヨーロッパにおける経験から熟知している。そうであればこそ、日本の左翼知識人、とくにスターリニズムの暴虐性を見抜けない当時の共産党系知識人が、「似非」左翼にしか見えなかったのだろうと思われる。そして、ラスキー自身の反ソ連的姿勢が知れると、日本のジャーナリズムからは、取材を断られるなどの「敵対的雰囲気」を直に感じたという（ラスキー、58－59頁）。

知的な総合雑誌も同様で、自他ともに認める左翼雑誌「世界」は無論のこと、中立的な「中央公論」や、戦後になって左翼から中道に転じた「改造」なども、当然のことのように反米的左翼のスタンスを取っている。そうでなければ読者を獲得できないという状況があったからだ。そのような中、唯一「文藝春秋」のみが「幼稚な左翼」に与しないと、ラスキーは述べている。

また、これらの雑誌は大学教授に書く場を与え、かなりの額の原稿料を稼がせているとも書いている。なぜなら、日本の大学教授は給料の安い「知的プロレタリアート」であるため、これらの雑誌に書くことで副収入を得る必要があるからだとしている。

さらに興味深いのは、ソ連の全体主義的体制を批判的に描いた、あるいは告発したとして欧米で多くの読者を獲得した、ジョージ・オーウェルの『動物農場』とアーサー・ケストラーの『真昼の暗黒』が、当時の日本では不人気である現実も伝えている。とくにケストラーの作品は、スターリンの独裁によるソ連の全体主義的体制を、自らの体験もまじえてリアルに描いており、戦後、欧米ではベストセラーとなっただけでなく、「フランスにおいては知識人たちのボリシェヴィキ評価に大きな転換をもたらした」のに対して、日本では反響が小さく、売れ行きもはかばかしくなかったという。これも日本の言論界に蔓延する無批判的な左翼信仰の風潮がもたらした特異現象の一端ということであろう。[4]

この他、日本政治の特性についても詳しく書いている。ラスキーが滞日中に起こった吉田茂の「バカヤロー解散事件」について、*bakayarō* という日本語の意味をユーモアをまじえながら解説したうえで、この事件の背後にある日本の政治風土、とくに個人的利益が国家的利益より優先され、封建的な親分子分関係つまり派閥が政党の政治理念よりも優先される傾向を詳しく説明している。

その結果が、吉田と鳩山の確執に見られるような日本の政党政治の不安定さを生み出していると指摘する。その一方で、戦前は、政界、財界、官界、軍部が政治の四大要素であったのが、戦後は、軍部の代わりに労働界が加わった。つまりマッカーサーの労働改革のおかげで、ようやく西欧なみの民主主義社会が実現したのだと述べている。

最後に、日本共産党の変遷と現状についてかなり細かくレポートしている。戦前の治安維持法の下で弾圧を受けていた政党がGHQの政策で合法化され、以前の幹部たちが刑務所や亡命先から戻り、党の要職に就く。そして野坂参三の新路線つまり「愛される共産党」のスローガンとともに、党員数が急増し、一九四九年の選挙では三十五の議席を国会内に獲得した。その後一九五〇年にコミンフォルム（その中心はソ連共産党）の圧力の下で、野坂は再び武装闘争への路線転換を表明。その年の五月には、皇居前広場（共産党は「人民広場」と呼んだ）で、共産党の主催する「人民決起大会」の参加者と、日本の私服警察官およびアメリカ人記者四名との間に小競り合いが起き、アメリカ軍の憲兵に八人が逮捕されるという事件が起こる（「人民広場事件」と呼ばれる）。[5]

これを機に、マッカーサーは「レッドパージ」を本格化し、（吉田内閣の下で）共産党幹部二十四名が公職追放（実際には全員地下に潜った）、また党の機関紙「アカハタ」の発行が禁止されたことなど、戦後の数年間の経緯を詳しく伝えている。このときのレッドパージはアメリカ本国でのマッカーシー旋風（赤狩り）と連動することになった。

このような経過の後も、戦後民主主義の下で共産党の合法性は守られており、共産党や左翼勢力への国民の期待はその後も存続しているとし、それを裏付けるように、書店に行けば、様々な分野の左翼雑誌、スターリンや毛沢東の著作などを含む二十三種類の左翼系の出版物が見つかったとラスキーは書いている。

だが、レッドパージ、党内対立、国内政治における孤立などにより、日本共産党が弱体化しつつあるのは明らかであり、さらに、ソ連と中国の干渉も陰に陽に盛んに行われる中、党の将来はいまや、共産主義から非共産主義へ軸足を移していけるかどうかにかかっている。そしてその条件となるのは、「議会制民主主義の安定化、日本経済のアジアへの平和的進出、自由主義圏内における団結」である、と結んでいる（ラスキー、64頁）。

このように、ラスキーの日本レポートは、戦後日本の文化と政治の状況を伝えているだけでなく、その特異性と普遍性を軸に分析し、世界的視野のもとでの日本の位置づけを試みている。しかも、上で見たように、共産主義勢力への対応と、日本国家の自由主義圏内への保持という観点から、将来における内外の政治の在り方までも示唆している。ここに「エンカウンター」独特の政治的スタンスが垣間見えてくる。さらには最後の一文（上記引用部分）は、その後の日本の状況をかなり正確に言い当てているといえよう。

2　サイデンステッカーの東京

一九五七年にはエドワード・サイデンステッカーが、東京について書いている。このレポートは、サイデンステッカーがその後に取り組むようになる一連の「東京論」に発展していくものである。「エンカウンター」に載せたこの記事は、「世界の諸都市」（"The World's Cities"）というタイトルが冠せられたシリーズ記事で、一九五七年から一九五八年にかけて不定期に七回つまり七つの都市についてそれぞれ異なる寄稿者が担当している。サイデンステッカーの「東京」は、マンチェスター、パリ、ロンドン、カルカッタ、に次いで五番目に掲載された。[6]

サイデンステッカーは、当時、日本の文学作品の翻訳を次々と手掛けながら、その傍ら、パリの文化自由会議本部と、その東京支部にあたる日本文化フォーラムの間の連絡係を務めていた。[7] その関係で、文化自由会議の機関誌的役割を担っていた「エンカウンター」に記事を寄せることはごく自然の流れといってよい。ちなみにサイデンステッカーは同誌に、創刊から廃刊までのあいだ合計五本の記事と、太宰治の短編小説二篇の翻訳を載せている。

サイデンステッカーが書いた記事「東京」は、東京には観光すべき場所がほとんどないという嘆きから始まる。サイデンステッカーは一九四八年からすでに十年ほど東京に在住しており、当時の東京に関する彼の知見はアメリカ人としては群を抜いていた。そのため、アメリカから東京を訪問する客たち（おそらく政府や軍の関係者）を案内する役目を担っていたものと思われる。そのような客に観せて喜ばれるようなものがないというのである。

東京で見られる文化的なものと言えば、多くが西洋から来たものであり、例えば、『ベニスの商人』の芝居を観に行っても、そこに登場する俳優の体つきと西洋風の衣装がちぐはぐで変であり（例えば、足が短くてタイツが似合わない）、野球といえば、日本の選手もある程度上手いが、ニューヨーク・ヤンキースほどではないので、わざわざ観に行くようなものではない。かといって、伝統的な日本文化、たとえば能や歌舞伎を観たいと思うと、予約から観るまでに時間がかかりすぎて観光向きではない。伝統的な建築物は、京都に比べると無に等しい。芸者遊びは金がかかりすぎるし、京都の舞妓の華やかさに比べれば見劣りする、といった具合である。

結局、「東京というのは実のところ古い都市でないだけでなく、最も移ろいやすい都市で、三十年も遡れるものなどほとんどない。この都市は一九二三年の震災で一度破壊され、一九四四年と一九四五年の空襲で再び焼け野原になったのである」と説明する。そして興味を惹かれるのは古い物ではなく、むしろ帝国ホテルや東京駅というような地震と戦災を生き延びた近代的な西洋風の建築物の方であるとし、さらには、そのような建築よりもあちこちで穴を掘って行われている下水道や地下鉄の建設工事現場の方がよほど面白いとまで書いている（ES、22－23頁）。

無論そのような不満ばかりを書き連ねているわけではなく、サイデンステッカーは残りの頁の大半（十頁中八頁）を費やして東京（江戸）の歴史と文化に関して薀蓄を傾けるのである。彼の過去十年間の日本研究の成果がいかんなく発揮されており、また関西や西洋との比較をまじえた説明の手際の良さは注目に値する。これを読む西洋人は、東京という都市のイメージをかなり明確につかむことができるであろう。その内容を、いくつかの項目に分けて示すことにする。

①江戸の始まり

京都が八世紀には都となり世界的にみても最大の都市であったのに対して、江戸（武蔵の国）は、ならず者が跋扈し、冷たい北風が吹きすさぶ「半ば辺境」であった。古くは和歌に詠まれたりもしたが（おそらく『万葉集』のことを指している）、広く認識されるようになるのは、中世末期に観世十郎元雅が『隅田川』という能の作品を世に出してからであるとし、その作品内容を紹介している。日本文学研究者サイデンステッカーの面目躍如たるところである。地理的情報としては、徳川家康が幕府を開いたのちに築いた城（現在の皇居）、武家の住まう丘（山手）、庶民が住むために湿地を埋め立てて造った地域（下町）など、江戸という都市の成り立ちなどを説明している（ES、26頁）。
② 江戸っ子（child of Edo）
下町に住む庶民、「江戸っ子」については、少し多めに書いている。ちなみに、「江戸っ子」を“child of Edo”と奇妙な英語に訳しているが、これについては、「彼ら自身がそう呼ぶのだから、そう呼ぶしかない」と断っている。まずは彼らの話す言葉、江戸弁だが、その特徴の一つを、「二重母音の弱化」としている。それはつまり、「めでたい」が「めでてえ」になったり、「こまかい」が、「こまけえ」になったりする現象を捉えてのことだと思う。食べ物に関しては、めざし（dried sardines）とせんべい（salted crackers）くらいしか自慢できるものはない、と手厳しい（ES、26頁）。

また西洋と比較すれば、ロンドンやパリの市民は国王に対して脅威であったが（だから市民革命が起こった）、江戸の住民は将軍を脅かす存在ではなかったという。なぜなら「江戸っ子はほとんどの場合、現状のままであることを望む」つまり保守的だからである。ということは、江戸っ子の威勢の良さも将軍の庇護のもとに安住したうえでのそれであり、おのずとその限界が見える、とでも言いたいのであろう（ES、27頁）。
③「いき」
「江戸っ子には「いき」（*iki*）というものがあり、「いき」とは、「自信、気取り、こぎれいさ」（aplomb, dash, spruceness）である」と説明している。また、「江戸とその文化がもっと輝かしい

ものであったなら、〈いき〉は影を潜めていたであろうに」と皮肉も付け加えている。このような江戸っ子からすれば、大阪人は田舎者であり、諸国出身の武士でさえ軽蔑の対象となる。そして「〈いき〉は江戸の美意識と倫理を表したものである」とほぼ正確に捉えている。すでに、九鬼周造の『「いき」の構造』（一九三〇年）は戦前から広く読まれていたので、戦後に日本に入ったサイデンステッカーもこの本を読んでいたはずである（ES、27頁）。

④大阪との比較

東京と大阪という二大都市は、いつでも比較されるが、アメリカ人のサイデンステッカーの目を通してみると、意外な事実に遭遇することになる。江戸っ子の保守性は、新しい変化への対応力に欠け、とくにビジネスの分野では大阪人には敵わない。その事例として、日本の三大新聞のうち二つ（朝日、毎日）は、大阪発であり、辛辣なジャーナリストたちも、大阪ないしそれよりも西の出身のほうが多い。さらには、劇場のシンジケートを立ち上げ、いまでは映画界のかなりの部分を支配している松竹も、大阪の出であり（実際には京都）、料理に至っては関西料理が東京を圧倒している（少なくとも料亭の料理はそうである）。野球も、東京のジャイアンツは大阪出身の選手がいなければみすぼらしい限りで、他方、タイガースは大阪出身の選手だけでもやっていける。多少不正確な部分もあるが、おおむね、サイデンステッカーの観察は当を得ている（ES、28頁）。

⑤変化する東京

東京の変化はあまりにも急速なので、東京の過去を懐かしむのに、老人である必要はない。中には、昔の東京を懐かしむのを職業にしているような連中がいて、結構な稼ぎになっているらしい。それをやるには、江戸っ子でありさえすればよい。おそらく江戸風を誇張したり、気取ったりしている芸人や文化人をいっているのであろう（ES、28頁）。これとは別に、サイデンステッカーは、二人の東京出身の作家の東京に対する姿勢を取り上げている。

⑥谷崎の東京

谷崎潤一郎は、東京の古い商家の生まれで、いわば江戸っ子であるが、彼の周りにいた古い東京の商人たちを「敗残者」と呼び、ほとんど同情の念さえない。そして、関東大震災ののち関西に移り住んだ谷崎は、東京を廃墟からどのように作り変えるか具体的なイメージを描いていた。この部分は、実際に谷崎の文章を自ら英訳して引用している。それによると、ニューヨークやパリのように計画的に道路や建物が配置され、通りを車や電車が行きかい、タキシードやイブニングで着飾った男女が集い、月明かりに輝くシャンペングラスを傾ける。その裏で危険な誘惑と秘密の快楽が待ちうけるような、成熟と退廃を併せ持った西欧風の都市空間を谷崎は夢想しているのだ、という。（ES、28頁）[8]

⑨荷風の東京

一方、永井荷風はというと、移ろいゆく東京をテーマにしている作家であると紹介している。そしてこのように付け加えている、「彼は東京生まれではあるが、商人ではなく武士階級の出身なので、彼が選択したテーマには実のところ、そぐわない」。しかし、荷風は真の東京人として振る舞い、もう失われた、あるいは今失われつつある東京を素材として書いているときこそが、彼の本領が発揮されるのだ、と述べている（ES、28－29頁）。

⑩ 知識人の傾向

東京の知識人は、西洋の新しい思想を国家と国民のためにかいつまんで紹介する。最初はイギリスの経験論、その次に、ヨーロッパ大陸のルソー、ニーチェ、ヘーゲル（このドイツの思想家二人は日本のナショナリズムにも寄与している）、そしてさらにマルクスへと続く。とくにヘーゲルは、「天皇の神性」を理論的に正当化してくれるということで、日本の支配層から歓迎された。

いずれにしろ、日本の知識人たちの西洋思想の移入は、極めて皮相的であり、その傾向は現在でも続いているという。彼らは西洋の良い部分と、日本がはるかに優れている部分とを適切にわきまえることができなかった。ある時点から西洋から離反し、彼らの思想が独自の展開をし始めるとなると、急におかしな事態になった。そして、「精神性の東洋と物質主義の西洋」というばかげた決まり文句までがまかり通ることになった、と主張する。（ES、29頁）

⑪ 市民の暮らしぶり

戦後、都心から人が移り住み始めた郊外（東京南部と西部）のもの寂しさと比べると、下町（東京北部と東部）は活気にあふれているという。この記事が書かれたころの下町は、まだ街の賑わいがあったのだろうと思われる。ヤクザや麻薬の売人がうろついてはいるが、その一方で、飲食店の出前をする若者やバーで働く娘たちが懸命に働いている様子も見られる。彼らの暮らしぶりは決して豊かではないが、少しでも向上しようという意欲にあふれている、とサイデンステッカーは見ている。

郊外に住むインテリたちが絶望を語る一方で、下町では若者たちが成功の夢を抱きながら、日夜努力している。東京における、下町と郊外のこのような対照が、サイデンステッカーには気になるらしい。そしてどうも、彼が好んでいるのは下町の活気のようである。その後彼は、長く東京に暮らすことになるが、拠点としたのは、下町にほど近い湯島であった。彼は数年前に太宰治の作品を英訳したばかりであった。太宰は明らかに、郊外に暮らす絶望したインテリの一人であった。戦後の東京の一断面である（ES、30頁）。

サイデンステッカーは、この記事の後も「エンカウンター」に記事を書き続け、一九七〇年までに合計五本書いたことになる。ここでは、一九五〇年代の日本の状況を伝えているこの記事のみを取り上げたが、このほかの記事もなかなか興味深い内容となっている。扱っているテーマは、翻訳、日本語、安保闘争などである。

3　ハーバート・パッシンの見た日本の雑誌事情

最後に、もう一人の日本専門家ハーバート・パッシンが書いた記事に簡単に触れておきたい。

この記事は一九五七年三月号に掲載されたもので、タイトルは「読書好きの国民」である。[9]

ハーバート・パッシンは、ウクライナ出身でユダヤ人の両親のもとにアメリカで生まれ、ノースウェスタン大学で人類学の修士号を取得した後、アメリカ陸軍の日本語学校で集中的に日本語を学んだ。戦後GHQの社会調査部門の主任研究官を経て、カリフォルニア大、コロンビア大など複数の大学で教鞭をとった。この記事をパッシンが書いたのは、彼が「エンカウンター」の極東支部代表を務めていた一九五四年から一九五七年の間であると推測される。文学畑のサイデンステッカーと異なり、彼の日本報告は、社会人類学的な視点からのアプローチである。ちなみに彼は、文化自由会議の諸活動を積極的に支援していたフォード財団東アジア関係顧問も同時に務めていた。

パッシンが注目したのは、日本の読書事情、とくに雑誌などの定期刊行物の盛況と、それに伴う書き手の繁栄である。日本の作家たちは常に締め切りに追われて忙しいが、そこから生じる収入は世界的に見ても最高の部類に属するであろうという。一方で、様々な記事を提供するプロのフリーランスの書き手の数も千人を超えており、おびただしい量の言葉が世の中に出回ることになる。この現象をパッシンは「言葉の下痢状態」と呼んでいる。

このような雑誌繁栄の背景としては、日本人の口から次のようなことが一般的に言われているという――「我々は読書好きの国民である。人々はあまりにも貧しく他の娯楽を楽しむ余裕がないので、読書へと向かうのである」。開発の遅れた地域で出生率が高いのは、電気が通ってないので、夜に他にすることがないからだ、というのと同じだとパッシンは説明する。(パッシン、33頁)

雑誌の数が多いだけでなく、日本で出される月刊誌が分厚いのにも注目している。たとえば月刊総合誌でくらべれば、「エンカウンター」が九十頁弱であるのに対して「中央公論」は四百頁ちかい。この背景として、東京などの大都市では（月刊総合誌が最もよく売れるのは東京であるというデータも示している）、通勤時間が片道一時間半というのはごく普通のことで、その時間をつぶすにはこれくらいの分量が必要なのだ、と説明している（パッシン、34頁）。

また、日本では西洋に比べると、大衆向け雑誌と知識層向け雑誌の区別は明確にはなされておらず、良質な純文学の作家たちが、大衆誌に寄稿することは珍しくないという。戦後になって著しくなったこの現象については、第一章で述べたように吉田健一も、ドナルド・キーンの著作の書評の中で触れていた。また戦後の雑誌の繁栄が、作品の質を低下させているとも指摘しているが、この点でも吉田の意見と一致している。

その他にも、パッシンは雑誌の種類の多様さ、具体的な発行部数などの情報もまじえながら日本の雑誌事情の特性を分析している。その中の一つは、雑誌の寄稿者の多くが大学教授であり、彼らは大学からの収入の少なさをこうした原稿料で稼がなくてはならないという事情だが、これについては先述したラスキーの記事を参考にしていると思われる。

また、「中央公論」、「文藝春秋」、「世界」、「改造」などの総合月刊誌の政治的スタンスについても、ラスキーと同様の分析を行っている。いずれにしろ、これらの雑誌が扱う内容があまりにも多種多様なうえに、時宜を得ようと書き手に急いで書かせるため、ずさんな記事が多いとみている。

さらには、日本のジャーナリズム全体の左寄りの傾向についても、ラスキーと同様の見解を示しており、パッシンは、「保守勢力が国を治め、社会主義者が本屋を支配している」と皮肉まじりに表現している。この傾向は、とくに五十年代は強かったとみられ、多くの書き手は、自分が「反動」というレッテルを張られることを何よりも怖れていると書いている（パッシン、37頁）。

これまで、ラスキー、サイデンステッカー、パッシンと三人のアメリカ人が「エンカウンター」に寄せた記事を見てきた。いずれも、戦後まだ間もない一九五〇年代の日本の様子を、西洋人の目から描いており、そこには我々が思いもよらない発見まで含まれていたと思う。とくにサイデンステッカーの伝えた「東京」は、従来のステレオタイプの江戸のイメージとは全く無関係に、東京在住の外国人ならではの独特の視点から書かれており、日本人の目から見ても新鮮な指摘に溢れている。

注

1　朝鮮戦争で、中国軍と戦っているため、中国大陸の気象情報が、敵である中国軍に流れる可能性があったからである。ラスキーは、ドイツでは、東西ベルリン間の電話線が切られていたと書いている。また、スターリンに関する記述も同頁に見られる。Melvin J. Lasky, “A Sentimental Traveller in Japan (I),” *Encounter* (November, 1953): 7.

2 『スターリン全集』全六巻（大月書店、一九五二年）。

3 Melvin J. Lasky, "A Sentimental Traveller in Japan (II)," *Encounter* (November, 1953): 58. 以下、同文献からの引証は、本文中に（ラスキー、該当頁数）という形で示す。

4 オーウェルの『動物農場』は、『アニマル・ファーム』のタイトルで大阪教育図書から一九四九年に出版されている。訳者は永島啓輔。また、ケストラーの『真昼の暗黒』は、『眞晝の暗黒』のタイトルで、筑摩書房から一九五〇年に出版されている。訳者は岡本成蹊。

5 共産党のいう「人民広場事件」。この事件については、西鋭夫が詳しく伝えている。暴行を加えた日本人の共産党員は八名で、翌日、占領軍の軍事裁判にかけられ、いずれも六年から十年の懲役刑を言い渡された。マッカーサーの「赤狩り」は政界だけでなく、マスコミや教育界にまで及び、多くの人間が職を追われた。西鋭夫『国破れてマッカーサー』（中央公論新社、二〇〇五年）四五三－四六〇頁。

6 Edward Seidensticker, "The World's Cities: Tokyo," *Encounter* (November, 1957): 22-32. 以下、同資料からの引証は、本文中に（ES、該当頁数）という形で示す。

7 サイデンステッカーは自伝の中で、「一九五〇年代の後半から一九六〇年代の初めにかけて、私はパリの文化自由会議本部と、その東京支部にあたる日本文化フォーラムの連絡係を務めていた」と書いている。エドワード・G・サイデンステッカー『流れ行く日々――サイデンステッカー自伝』（時事通信社、二〇〇四年）一五四頁。以後、同資料からの引証は、（『自伝』、該当頁）という形で示す。

8 谷崎からの引用は、谷崎潤一郎「東京をおもふ」『谷崎潤一郎全集』第二一巻（中央公論社、一九六八年）13－14頁。初出は「中央公論」一九三四年一月号～四月号。原文は左記の通り（前略、中略はサイデンステッカーによる。

9
「〈前略〉井然たる街路と、ピカピカした新装の舗道と、幾何学的な美観を以て層々累々とそそり立つブロックと、その間を縫う高架線、地下線、路面の電車と、一大不夜城の夜の賑わいと、巴里や紐育にあるような娯楽機関と。そしてその時こそは東京の市民は純欧米風の生活をするようになり、男も女も、若い人たちは皆洋服を着るのである。〈中略〉復興後の東京の諸断面が映画のフラッシュの如く幾つも幾つも眼前を掠めた。夜会服と燕尾服やタキシードとが入り交じってシャンペングラスの数々が海月のように浮遊する宴会の場面、黒く光る街路に幾筋ものヘッドライトが錯綜する劇場前の夜更けの混雑、羅綾と繻子と脚線美と人工光線の反乱であるボードヴィルの舞踏、銀座や浅草や丸の内や日比谷公園の灯影に出没するストリートウォーカーの媚笑、土耳古風呂、マッサーヂ、美容室等の秘密な悦楽、猟奇的犯罪」（旧漢字・旧カナづかいは堀が現代表記に直した）。

Herbert Passin, "A Nation of Readers and of Writers, Too," *Encounter* (March, 1957): 33-37. 以後この記事からの引証は、本文中に（パッシン、該当頁数）という形で示す。

III 新たな日本文学ブーム

第7章　クノップフ社の「日本文学英訳プログラム」

1　ハロルド・ストラウスの目論み

IIで見たように、戦後間もない一九五〇年代には日本の実情が様々な形で海外に伝えられるようになる。これは、戦争が終了したのち改めて日本という国自体とその文化に対する関心が高まり始めたことを意味している。一九五一年には軍国日本という悪しきイメージを払拭するかのように、黒澤明監督の『羅生門』がベネチア国際映画祭で金獅子賞、一九五四年には衣笠貞之助監督の『地獄門』がカンヌ国際映画祭でグランプリを獲得した。西洋におけるジャポニスムの流行とフェノロサの活動から半世紀以上が経過した後のことである。再び海外の熱い視線が日本文化に向けられようとしていた。

他方、冷戦という当時の政治状況は、これまで見たように、東西両陣営の文化戦争という局面も生み出した。世界的規模で展開していた「文化自由会議」は東西冷戦における文化的覇権闘争の西側の拠点であった。第6章で述べたように、日本の一部の知識人たちは、自覚していたか否かはともかく、その動きに連動することになる。

こうした状況を背景に、海外における日本文学への関心がにわかに高まってくる。その一部についてはすでに述べた通りで、文化自由会議の機関紙ともいえる「エンカウンター」誌のなかでもその萌芽が見られた。すなわち同誌における、ドナルド・キーンの著作『日本の文学』の書評と、太宰治の短編二篇の英訳の掲載である。

それとは別の動きとして、一九五〇年代半ばになると日本文学の翻訳熱が急激に高まっていく。その中心となったのが、アメリカの有力出版社クノップフである。同社で日本の現代小説を英語に訳して出版しようという企画が持ち上がった。その企画を立案し、統括していたのはハロルド・ストラウスという人物であった。

ストラウスはハーバード大学卒業後にいくつかの小規模の出版社で、フランス文学出版の実績を積んだのち(彼はフランス語に堪能であった)、一九四二年にクノップフ社の首席編集者(editor-in-chief)を務めることになった。当時のクノップフ社はヨーロッパ文学の翻訳出版を盛んに行っており、そのかじ取りを任されたのである。

しかしまもなく、戦争の激化により、三十歳半ばに達していたストラウスも軍務に服することになった。彼としてはフランス語の能力を活かせるヨーロッパへの派遣を望んでいたが、その意に反して陸軍の語学学校で日本語を学ぶよう命じられた。一九四三年のことである。十カ月間同校で日本語の集中訓練を受けた。そして戦争が終結したのち占領下の日本へ赴任することになった。この時にはすでに日本語をかなりの程度読むことができたという。

日本に上陸すると、連合国軍最高司令官総司令部（GHQ）で、一九四五年十二月から一九四六年九月まで、日本の出版物の監視に従事した。彼の任務は、日本の出版物の内容と傾向についてGHQ上層部に報告するというものであった。占領下では、GHQによる出版物の検閲が行われていたのである。

ストラウスはこの任務を通じて、日本の作家、出版社に関する知見を得ることができただけでなく、日本にも「きわめて重要な現代文学なるものが存在するということ」を認識したという。[1] この発見が、ストラウスを日本文学に関わらせる契機となった。日本での軍務のあいだすでに、一人の編集者として、日本文学の翻訳出版を構想し始めていたのである。日米の戦争が図らずも、日本文学の欧米への浸透を促進したという意味では、キーンやサイデンステッカーの場合とまったく同様であった。

軍務を終えて、アメリカに帰国すると、編集者としてのストラウスの敏腕ぶりはすぐに発揮された。その最初の成果がジョン・ハーシー作 *Hiroshima*（『ヒロシマ』、一九四六年）であった。この本はベストセラーとなり、アメリカの高校や大学の教科書に取り上げられただけでなく、日本では占領下における最初の英文出版物となり、日本国内の大学のテキストとしても盛んに使用された。

しかしもちろん、ストラウスの本当の狙いはそこにはなかった。彼の胸の内には、クノップフ社が既に成功を収めていたヨーロッパと南米の文学の翻訳出版に匹敵するかあるいはそれを上回る成果を、日本文学の翻訳で収めたいという野心がみなぎっていた。機会をうかがっていたストラウスは、あるパーティの席で社長のアルフレッド・クノップフにその計画について話を切り出した。

ストラウスの提案の巧妙さもさることながら、社長のアルフレッド・クノップフの洞察力と決断の早さも見事だった。アルフレッドはすぐさまストラウスをリーダーに据えて、この新しい事業に乗り出すことを了承した。クノップフ社の「日本文学英訳プログラム」の出発である（以後、「英訳プログラム」とする）。

社長アルフレッドの慧眼に出会わなかったら、ストラウスの企画は、一九五〇年代の時点で実現することはかなり難しかったと思われる。それほど西洋では、日本文学に対する関心は薄かったのである。この時以降、ストラウスはアルフレッド・クノップフを師と仰ぐようになったという。

2　二つの財団の資金援助

社長の承認を得たストラウスは一九五二年に、準備のために日本へ渡った。その目的は、二つあった。ひとつは、彼のプロジェクトを成功させるのに必要な財政的なコネクション作りであり、もう一つは日本の文学状況の把握である。前者に関しては、ストラウスは社長アルフレッド・クノップフにこう報告している、出版に関することで、重大なニュースがあります。一九五三年の三月初めに、英訳プロジェクトのためにかなりの額の資金をロックフェラー財団から獲得できる目途がつきました。〈中略〉もし我々がそれを手に入れることになれば、翻訳本の売れ行きが収支トントンよりも少し越えたところに行くまで、翻訳に関わる費用は一切払わなくてもよいというものです。

さらに彼はこう付け加えた、

この取り決めは日本で最も重要な人物、国際文化会館専務理事の松本重治を通して行われたものです。国際文化会館とは、ロックフェラーとその他の財団の資金を得て、まさにこのようなプロジェクト（文化交流）のために設立された機関です。（ウォーカー、54頁）

松本重治は、戦前にイェール大学やジュネーブ大学に留学し、その知見と人脈を活かして国際派の知識人・ジャーナリストとして名を成した。内外の政財界トップの人脈も数多くあり、戦後はアメリカとの関係改善のために重要な役割を果たした。また吉田茂の側近だった白洲次郎の旧制中学時代の先輩でもあり関係も深かった。

様々な国際畑の仕事に関わったが、とりわけ国際文化会館の設立（一九五二年）にあたっては中心的な役割を果たし、晩年までその専務理事を務めた。初代理事長は元貴族院議員樺山愛輔だった。前に触れたように、樺山は戦前の国際文化振興会の理事長でもあった（第1章参照）。

国際文化会館は非営利の民間団体であり、現在でも活動を続けている。ちなみに第1章でふれた戦前の国際文化振興会は、一九七二年には半官半民の国際交流基金となり、国際文化会館の協力団体でもある。国際的な文化交流の流れが、戦前から戦後にかけて形と方向性を変えながらも連綿と引き継がれていっていることがわかる。

ここで注目したいのは、国際文化会館の設立はちょうど冷戦時代の初期にあたっており、朝鮮戦争の真っ最中であった。それはまた、第6章で詳述した「文化自由会議」の活動が西側全域にわたって展開していく時期でもあった。同会議は東西の「文化冷戦」において西側の文化戦略を担い、日本はその重要な拠点の一つであった。文化的覇権を握ることは、共産主義勢力の進出を食い止めるためには極めて重要な要件であった。

とくにアメリカ側のロックフェラー財団やフォード財団（今後何度も触れることになる）は、戦後社会の混乱の中で資本主義圏を維持拡大するためには文化的自由を保障することが焦眉であるとの認識のもと、様々な文化領域における活動に資金援助を行っていた。その流れの中に、クノップフ社の英訳プログラムも含まれていたということになる。日本文学の翻訳を支援することは、日本を西側の一員にとどめておくための一助となると考えられた。ストラウスは目ざとくそれを利用したのである。

したがって、松本重治の国際文化会館の設立と、ストラウスの英訳プログラムは、それぞれ別個の動きではあったが、アメリカの有力財団の介在とその意図という点において、底流では連動していたと言える。また、アメリカで出版されるクノップフ社の翻訳本は、すべてイギリスではセカー・アンド・ウォーバーグ社から出版されることになるが、この出版社は文化自由会議の事実上の機関誌であった「エンカウンター」の版元でもあった。したがって、この連動の背景では、文化自由会議が大きな役割を果たしていたことが見て取れる。

さらに具体的な事例としては、クノップフ社から出版されたサイデンステッカーの谷崎潤一郎作「蓼喰う虫」の英訳とドナルド・キーンの三島由紀夫作『近代能楽集』の英訳は、フォード財団の支援のもとに行われたものである。（ウォーカー、55頁）ちなみに、キーンとサイデンステッカーが戦後になってそれぞれ京大と東大に留学できたのも同財団の奨学金のおかげであった。

3 ストラウスの日本文学探訪

ハロルド・ストラウスの日本訪問のもう一つの目的であった日本の文学事情の調査については、彼自身が一本の記事にまとめ、翌年アメリカの有力文芸誌「アトランティック」（*Atlantic*）に寄稿している。[2]

その記事のタイトルは、「編集者の日本訪問」（"Editor in Japan"）であった。そもそも「アトランティック」という雑誌は、一八五四年にボストンで、エマーソン、ホームズ、ローウェルなどのニューイングランドの文人たちが中心となって創刊された文芸雑誌で、当初から奴隷制反対など社会問題に関しても積極的な主張をし、その後もその姿勢を崩すことなくインテリ層向けのリベラルな総合雑誌として発展する。

現在は約五十万の読者を抱え、アメリカでもっとも伝統のある雑誌の一つである。二〇一六年にはアメリカ雑誌編集者協会の「年間最優秀雑誌」に選ばれている。また最近では、トランプ大統領との対決姿勢を明確にして話題となった（二〇二〇年九月七日、CNNニュース）。

ストラウスが書いた記事「編集者の日本訪問」は、十人を越す日本の文学者に直接インタビューし、それに基づいて一九五二年当時の日本の文学状況を報告するという内容になっている。どの作家とも三時間から六時間に及ぶ面談となり、酒や食事を供されることもあった。その場にはたいてい各々の作家の夫人を伴っていたという。記事の中では、家の構え、部屋の様子なども詳しく伝えており、半世紀以上前にアメリカ人の目に日本人の生活様式がどのように見えたかが窺えて、現在からみると甚だ興味深い。

ストラウスはまず、会談を通じて得られた知見から、日本の作家たちを五つの類型に分けて説明する。具体的には次のようになる。ただし具体的作家名は、私の推測によるものである。

①伝統的文学。抒情的な美を無常観のもとに象徴的な技法を用いて描き出す。作品としての構成は弱く、自然界との調和という雰囲気を醸し出す、と説明している。志賀直哉、宇野浩二、尾崎一雄など戦前から活躍している多くの私小説作家の作品群がここに含まれると考えられる。

②大衆文学。戦後人気を博した中里介山や吉川英治などに代表される歴史小説のことで、「教育をあまり受けていない階層を読者としている」とある。

③いわゆる「戦後派」文学の一部。「若手のイデオローグ的作家たちが、マルクス主義や虚無主義を根幹に絶望を表現することに専念する」、「実存主義的傾向」、「未消化な西洋の影響」という説明から、野間宏、椎名麟三、埴谷雄高などがそれにあたるであろう。西洋の影響という意味では、大岡昇平を含むかもしれない。

④戦後の混沌をリアルに描き出す社会派小説。石川達三がその代表であり、直接インタビューしている。田村泰次郎や丹羽文雄もこれに含まれるかもしれない。

⑤「卓越したリベラル・ヒューマニストの一大グループ」。永井荷風、谷崎潤一郎、川端康成などの戦前からの大家に加えて、大衆文学ではあるが大佛次郎も念頭に置いていると思われる。さらには「古典的伝統に精通しているが、それに拘泥しない」、「彼らの中には世界のどこでも傑出した学者として通用する者もいる」などという説明から、三島由紀夫、石川淳、武田泰淳などの若い作家もこの中に含まれるのかもしれない。（ストラウス、59頁）

いずれにしろ、この分類はストラウス独特のもので、一般的な文学史上の仕分けとは必ずしも一致するものではない。しかし、一九五二年当時の日本文学の全体像が西洋人の目を通して眺められるという意味で興味深いだけでなく、欧米の読者にとっては有用な日本文学案内となったはずである。

前述のように、ストラウスの現地取材に基づくこの日本文学調査報告は、第一には彼の企画した英訳プログラムのためになされたものである。したがって日本文学に関するマーケット調査の意味合いも含まれていた。では、各々の作家へのインタビューで具体的に得られた内容とはどのようなものであるのか。

ストラウスが最初に会ったのは、大岡昇平であった。場所は「記者クラブ」（当時銀座にあった「外国特派員クラブ」のことだと思われる）で、批評家で英文学者の吉田健一と中央公論社の嶋中鵬二を伴っていた。三人の第一印象、を簡単に述べているが、吉田健一がイギリスのブルームズベリー風の雰囲気を醸し出しているという感想は的を射ている。無論、吉田が日本の首相の息子であるということは承知していた。

ちなみに「ブルームズベリー風」とは、二十世紀初め、ロンドンのブルームズベリー地区に集ったリベラルな芸術家や知識人からなる知的サークル（V・ウルフ、ケインズ、E・M・フォスターなどが含まれる）の雰囲気を感じさせるといった意味で用いているのだと思われる。吉田のケンブリッジ風の英語もあって、そのような感じを受けたのであろう。

次第に打ち解けてくると、大岡作品の文学的特徴、つまりスタンダールの影響云々から始まり、日本の私小説の伝統にまで話が及んだ。大岡は、私小説というのは率直さや誠実さを客観性と自然主義と混同していると指摘している。それはまた、「告白小説」（confessional novel）や「心境小説」（mental life novel）とも呼ばれるが、実際は「小説」と呼べるようなものではなく、日々の印象、夢、感情、目に映った身の回りの事物を書き綴ったものに過ぎない、と述べている。この大岡の説明が、ストラウスのプロジェクトにかなり影響を与えたと思われる。クノップフ社の英訳プログラムからは、私小説は排除されているからだ。

これ以外に、日本には「文壇」(literary clique) というものが存在し、それは作家同士の権益を守る「ギルド」のようなものであり、またこの国では印刷製本の費用が安いので二千部売れれば出版社は儲けになるといった話をした後、日本の文学「市場」に話が及ぶ。これは無論、ストラウスの求めに応じたものである。

「日本では何が本の売れ行きを決めるか」という問いに対して大岡は、日本では、文芸批評家の読者への実質的な影響力はほとんどなく、また版元である出版社にさえもそのような力はない。読者は作品の良し悪しで判断するのではなく、その作家が有名かどうかによって本を選ぶので、新聞や雑誌の編集者が生殺与奪の権を握っていると説明する。つまり大衆の中に、「有名信奉」といった風潮があって、名が知られていればその作家の作品はいいものであるとする傾向が強いと指摘している。(ストラウス、60頁)

このことは、戦後における読者の質の低下という問題に関係すると思うが、ほぼ同時期に「エンカウンター」誌に掲載された、メルヴィン・ラスキー、吉田健一、ハーバート・パッシンの文章の中でも指摘されているように、一九五〇年代当時の文学状況を考えるときの重要なポイントの一つになるであろう。

ストラウスが次に取り上げているのは、石川達三である。ストラウスは石川を「闘うリベラリスト」と称し、上記①の「若手のイデオローグ的作家」と⑤の「ヒューマニスト」のベテラン作家たちの中間に位置しているとストラウスは評価している。インタビューの中で、石川は「ベテラン作家たちは政治を蔑視しており、若手作家たちは技量が未熟である」と当時の日本の文学状況を批判している。

さらに続けて、その「若手作家たちは日本の小説の間口を広げ、彼らが安住する脆弱な日常生活から脱却しなければならない」、「世界の現実は文学を侵略しているのに、告白小説〔私小説〕はそれをどうすることもできない」（〔〕内、堀）と熱心に訴えた。石川がここでいう「若手作家」たちは、時期的に見て、また作風から、一九五〇年代初頭に台頭してきた安岡章太郎や吉行淳之介などのいわゆる「第三の新人」たちであると推測できる。大岡に続いてここでも、私小説は批判されており、ストラウスはこのことを胸に深く刻んだはずである。（ストラウス、61頁）

次は川端康成である。当時鎌倉にあった川端邸の純日本風の客間でインタビューは行われた。川端は日本の古典主義的な作風をもつ大物作家のひとりで、当時五十三歳であったが、それよりもかなり年を取っているように見えたと書いている。そしてその時の印象を具体的に描写している。

頑健で、明敏で、落ち着いた五十三歳であるが、顔はそれよりもかなり老けて見える。髪は灰色で、肌につやがなく、歯並びは著しく悪い。しかし、笑みを浮かべながらも眼光は鋭い。

文学に関する話はどの程度なされたのか不明だが、少なくともストラウスの記事の中ではあまり触れていない。その代わりに供された料理について書いており、とりわけ寿司は「世界で最もおいしい料理の一つである」と絶賛している。さらには、同席している夫人、飼い犬、次々に見せられる川端の水墨画のコレクションについての記述が目立つ。（ストラウス、62頁）おそらく川端は、文学談義を避けたのであろう。

最後は、大佛次郎である。実は彼は、ストラウスの英訳プログラムの一番手となる作家である。そのためか、大佛については最も多く紙幅を割いている（およそ他の作家の三倍強）。大佛の家では川端家よりも、さらに日本風のもてなしを受けた。茶室に通されると、五十六歳の大佛は羽織袴のいでたちで現れた。ストラウスは、純日本風のもてなしが大いに気に入ったようで、その様子を仔細に綴っている。

大佛の話は他のベテラン作家たちよりも広範にわたっており、視野が広いようにストラウスには思えた。その理由として、大佛が大学時代フランス法やフランス文学を学び、卒業後一時外務省条約局で働いた経験があるためだとしている。しかし日本における最近の西洋文学模倣者とは違って、フランス風の小説を書くことはしなかった。中途半端な猿真似はよくないと大佛は考えるからだ。大佛はさらに「日本では抽象的な哲学や宗教的な教義などは定着しない」とも言う。ここでいう「西洋文学模倣者」とは大岡昇平や野間宏さらには埴谷雄高などの第一次戦後派のことを念頭に置いていると思われる。

また、「大佛」というペンネームが鎌倉の大仏に由来する話や、猫を何匹も飼っているなどという些末な話のあと、自分には自信作と呼べる作品が五、六作あり、いずれもデリケートなヒューマニズムに基づき、新旧の時代のコントラストを描きだしたものである、と大佛が語ったようである。

また興味深いのは、大佛の作家としての人気ぶりを伝える記述である。当時彼は毎日新聞に「鞍馬天狗」を連載しており、「その原稿料が四千から五千ドル、それが単行本になり十万部売れたとすると（それは大いにありうることであるが）、さらに五千五百ドル入り、再版されれば、二千ドル、映画化されれば、一千から五千ドル入る。これらの合計はアメリカでは考えられないほど大きな収入になる」と具体的な数字を挙げて説明している。ここはいかにも敏腕編集者のストラウスらしい取材である。（ストラウス、61－62頁）

4　英訳プログラム始動

ストラウスの周到な準備のもとに出発したクノップフ社の英訳プログラムは、大佛次郎の『帰郷』を皮切りに、次々と日本の現代小説を世界に送り出していく。谷崎潤一郎の『蓼食う虫』（一九五五年）と『細雪』（一九五七年）、川端康成の『雪国』（一九五六年）と『千羽鶴』（一九五八年）、これらはいずれもサイデンステッカー訳である。ドナルド・キーンが訳したのは、三島由紀夫の『近代能楽集』（一九五七年）と『宴のあと』（一九六三年）であった。その他の三島作品は、メレディス・ウェザビーが訳した『潮騒』（一九五六）、アイヴァン・モリス訳の『金閣寺』（一九五九年）である。それに加えて同じくアイヴァン・モリスが訳した大岡昇平の『野火』（一九五七年）がある。

この時期は他の出版社も日本文学の英訳に乗り出し、ドナルド・キーンは、太宰治の『斜陽』（一九五六年）をニュー・ディレクションズ社から、同じく太宰の『人間失格』（一九五九年）をピーター・オーエン社から出している。しかししだいにキーンの翻訳は、現代作品よりも古典、小説よりも戯曲に重点が置かれるようになる。また、クノップフの英訳プログラムからも離れている。おそらく、編集者のストラウスとキーンの関係があまり良くなかったからだろう。これについては、サイデンステッカーが自伝の中で触れている。それによると、キーンはストラウスの押しの強さが気に入らなかったようである。（『自伝』、一八五頁）

クノップフ社はそれ以降も順調に新刊を出し続けた。次に掲げる一覧は、川端康成がノーベル文学賞を受賞する一九六八年までに、同社の「日本文学翻訳プログラム」（英訳プログラム）で出版された日本の現代文学作品のラインナップで（大衆文学は除いてある）、発行年代順に並べてみた。

クノップフ社の翻訳一覧（英訳タイトル併記）

1955　『蓼食う虫』（谷崎潤一郎）、エドワード・サイデンステッカー訳
Some Prefer Nettles

1956 『潮騒』(三島由紀夫)、メレディス・ウェザビー訳
The Sound of Waves
『雪国』(川端康成)、エドワード・サイデンステッカー訳
Snow Country
『野火』(大岡昇平)、アイヴァン・モリス訳
Fires on the Plain
1957 『近代能楽集』(三島由紀夫)、ドナルド・キーン訳
The Modern Noh Plays
『細雪』(谷崎潤一郎)、エドワード・サイデンステッカー訳
The Makioka Sisters
1958 『千羽鶴』(川端康成)、エドワード・サイデンステッカー訳
Thousand Cranes
1959 『金閣寺』(三島由紀夫)、アイヴァン・モリス訳
The Temple of the Golden Pavilion
1964 『鍵』(谷崎潤一郎)、ハワード・ヒベット訳
The Key

1963『宴のあと』（三島由紀夫）ドナルド・キーン訳

After the Banquet

1964『砂の女』（安部公房）E・デイル・ソーンダース訳

The Woman in the Dunes

1965『午後の曳航』（三島由紀夫）ジョン・ネイサン訳

The Sailor Who Fell from Grace with the Sea

1965『瘋癲老人日記』（谷崎潤一郎）ハワード・ヒベット訳

Diary of a Mad Old Man

1966『他人の顔』（安部公房）E・デイル・ソーンダース訳

The Face of Another

1967『谷崎潤一郎短編集』（谷崎潤一郎）ハワード・ヒベット訳

Seven Japanese Tales

※右の一覧から除いた大衆文学は、具体的には、大佛次郎の『帰郷』（一九五五年）と『旅路』（一九六〇年）、吉川英治の『新平家物語』（一九五六年）である。ハロルド・ストラウスは、この三作品を出した後にノーベル賞狙いに方針転換したのだと思われる。

クノップフ社からアメリカで出版した作品は、すべて日英の提携会社からほぼ同時に出版されている。イギリスからはセカー・アンド・ウォーバーグ社、日本からはタトル商会がその出版元となった。また、これらの英訳作品は、その多くが他のヨーロッパ語にも重訳され広く読まれるようになる。

イギリスのセカー・アンド・ウォーバーグ社について付け加えると、同社はジョージ・オーウェルの『動物農場』や『カタロニア讃歌』などの版元として知られる。知的世界では左翼が当たり前であった当時の風潮に反して、反ファシストであるだけでなく反共産主義（＝反スターリン主義）の政治姿勢を取っていたため白眼視されることもあった。この政治的スタンスが、戦後の文化自由会議のそれに合致するところとなり、上記のような経緯をたどることになった。一九六〇年代にはシモーヌ・ド・ボーヴォワール、ギュンター・グラス、アルベルト・モラヴィアなどの作品も出版している。

このような状況を背景に、ノーベル文学賞の候補として、川端のほかに谷崎や三島が候補に上るようになるが、一覧表を見ると、実際に受賞した川端よりも、谷崎と三島の方が、英訳作品数が多いことが分かる。

5　クノップフという出版社

これまでクノップフ社の「日本文学英訳プログラム」について見てきたが、そもそもこのドイツ語風の奇妙な社名をもつクノップフ社はどのような会社なのであろうか。この社名は同社を創立したアルフレッド・クノップフに由来する。彼は、ポーランドから渡米してきたユダヤ移民を両親に、ニューヨークで生まれ育った。いわば典型的なニューヨーク・ユダヤ人家系の出身である。

クノップフ（Knopf）という名前は、父の姓であるが、ユダヤ移民はこのようにドイツ語風の名前を持つものが多数いる。ロシア・東欧のユダヤ人の共通語がイディッシュ語というドイツ語に近い言語であったことが影響していると考えられる。アルフレッド・クノップフはコロンビア大学を卒業すると、大手出版社であるダブルデイ社でしばらく修業し、一九一五年に独立して、後に妻となるブランチと共に、自分の名前を冠したクノップフ社を立ち上げた。

彼が重点的に手掛けたのは、ヨーロッパとロシアの文学作品の翻訳出版であった。しかも売れ行きを気にすることなく、果敢に純文学系統の作品を多く手掛けた。この点がその当時の他の出版社と著しく異なる点で、その後名実ともにアメリカを代表する文芸出版社としての地位を築き上げて行った。

クノップフ社はさらに、これまであまり顧みられなかった地域の文学にまで範囲を広げていく。その一つが、これまで見たように日本文学であった。その一方で、ラテンアメリカの文学の開拓にも熱心で、一九六〇年代から一九七〇年代にかけてのガルシア・マルケスやバルガス・リョサなどに代表される「ラテンアメリカ・ブーム」の火付け役となる。いずれの場合も、英語以外の言語による文学を英訳し、世界にその読者を拡大したことの功績は大きい。

一九五七年に「アトランティック」誌に載せた広告の中で社長のクノップフは、「私はこれまでに無価値な本を出版したことはないと信じている」と断言している。それほど自分の出版倫理と方針に自信を持っていた。クノップフ社が関わった作家の中から、アメリカ国内のピューリッツァー賞や全米図書賞だけでなく、二十五人のノーベル文学賞受賞者が生まれているという驚くべき事実はそれを如実に物語っているだろう。

これまでに、クノップフ社が翻訳出版したノーベル賞作家のうち、日本でもよく知られた作家だけを挙げると、次のようになる。これらに英語圏作家と、あまり日本では知られていない外国人作家を加えれば、その数が大きく膨れ上がるのは想像できる。

トーマス・マン（一九二九年、ドイツ語からの英訳）
アンドレ・ジッド（一九四七年、フランス語からの英訳）
アルベール・カミュ（一九五七年、フランス語からの英訳）
ジャン＝ポール・サルトル（一九六四年、フランス語からの英訳）サルトルは受賞を辞退している
川端康成（一九六八年、日本語からの英訳）
ハインリッヒ・ベル（一九七二年、ドイツ語からの英訳）
ガルシア・マルケス（一九八二年、スペイン語の英訳）

その結果、クノップフ社が関係した二十五人のノーベル賞受賞者のうち、生まれも育ちもアメリ

カなのは一九九三年の黒人女性作家トニ・モリスンだけである。同社がいかに、海外の文学に力を入れてきたかということが分かる。さらに、クノップフ社は村上春樹の英語版も出し続けているが、これも同様の理由からだと思われる。二〇一七年にノーベル賞を受賞したカズオ・イシグロも、クノップフ社が関係している。

注

1 Larry Walker, *Unbinding the Japanese Novel in English Translation: The Alfred A. Knopf Program, 1955-1977* (Helsinki U, PhD dissertation, 2015) p.50. 以後この資料からの引証は、本文中に（ウォーカー、該当頁数）の形で示す。

2 Harold Strauss, "Editor in Japan," *Atlantic* (Aug., 1953): 59-62. 以後この資料からの引証は、本文中に（ストラウス、該当頁数）の形で示す。

第8章 高まりゆく日本文学への関心

1 「アトランティック」誌の日本特集

一九五五年には、前述した「エンカウンター」誌だけでなく、「アトランティック」誌も、大いに日本に関心を示し、日本特集を組むことになる。その特集には「日本の展望」(“Perspective of Japan”) というタイトルが冠せられ、「付録」という形で同年一月号に掲載された。付録といっても、よく日本の雑誌にあるような別冊にしたものではなく、この号の後ろの七十八頁を割いて掲載したものである。

雑誌の日本特集としては、当時その質の高さと規模の大きさにおいて他に追随するものはない。戦前には、一九三六年の「フォーチュン」(*Fortune*) 誌で、日本特集を組んだことがあるが、それは経済・軍事大国化する日本の脅威を扱ったもので、「アトランティック」誌のような文化を扱ったものではなかった。
いずれにしろこの「アトランティック」誌の特集によって、日本文化の「現在」に対する関心がにわかに高まったことが想像できる。その意味では、一種の「日本ブーム」の火付け役であった。その冒頭で編集部が「緒言」を載せており、この特集が「インターカルチュラル・パブリケーションズ」(Intercultural Publications)という非営利団体の協力のもとで組まれたものであることを明らかにしている。[1]
インターカルチュラル・パブリケーションズは、フォード財団の支援のもと一九五二年に設立された団体で、「アメリカの展望」(*Perspective of U.S.A.*)という独立した季刊雑誌をヨーロッパで発行していた。しかし十六号を出した後、「同誌は影響力が限られているので、文化自由会議の方に、より多くの資金援助をしたい」という理由で、フォード財団から支援の削減を通告された。(そうは言うものの、フォード財団の文化領域全般にわたる財政支援、つまり「文化冷戦」における西側への支援は群を抜いていた)。
その結果、一つの独立した雑誌であったものが、「アトランティック」誌の中での「付録」という形に変わり、中身も一方的なアメリカ文化のヨーロッパへの紹介ではなく、海外の様々な文化のアメリカへの紹介という逆方向の企画に変わったようである。また日本以外に、ギリシアやインドの特集も予定されていると述べている。いずれの国も日本と同様、冷戦下において東西両勢力がせめぎ合う重要な地域である。これらの地域との文化的融和が、アメリカをはじめとする自由主義圏の保持という点で重要であるとの認識があったと思われる。

「緒言」ではさらに、フォード財団の国際的な事業についても触れており、同財団は「広範な国際的プロジェクトの支援を通じて、自由主義諸国間の相互理解を促進し、ひいてはそのことが世界平和の基礎を強化することにつながることを希求する」と、その目的を明確にしている。

このような事情を探ると、この「アトランティック」誌の日本特集の背景に、フォード財団と文化自由会議の存在がくっきりと浮かび上がる。そして、本書で何度か触れてきた冷戦体制下での東西「文化冷戦」の様相の一端が垣間見える。いずれにしろ、アメリカで最も有力でハイブラウな雑誌の一つである「アトランティック」誌の特集であるから、世界の知識層に及ぼした影響は少なからずあったと思われる。その点では、イギリス発行の「エンカウンター」誌と同様である。

さて、その中身であるが、特集の冒頭、「タイム」誌や「ライフ」誌の編集に携わってきた名うてのジャーナリスト、ノエル・ブッシュの「序文」が掲げられている。その中で、日本という国が、長いあいだ鎖国の中で温存し育んできた文化の重要性に触れ、明治維新から太平洋戦争終結まで西洋文明を一心に吸収してきた日本人が、GHQによる民主主義の教化のあとに、ようやく自分たちの文化を世界に発信する時期が訪れたと述べている。[2]

では、特集で扱っているトピックを概観してみよう。最初の記事は、吉田茂の「アジアにおける日本の位置」という文章である。その中で吉田は、共産主義圏のアジアへの拡大、とくに中国の影響力を警戒しており、当時まだ後進地域であった東南アジア諸国への経済的支援がなければ、東南アジアは中国の勢力圏下に入り、共産主義化していくのは必至であると主張する。そのような中で日本は、西洋とアジアの間の仲介者としての役割を担う必要があり、そうすることでこの地域が共産主義化するのを防ぐことができるとしている。

この吉田茂の文章は、日本が西側の一員であることの態度表明と見なすこともできる。吉田内閣は一九五四年の十二月七日に総辞職しているので、一九五五年一月号に掲載されたこの一文は、総理在任中に書かれたものである可能性が高い。戦後五次にわたって総理を務めた人物であるだけに、その言葉には重いものがある。昨今の状況に鑑みれば、一九五〇年代にすでに中国を脅威と見なしているのは、興味深い。吉田茂の先見の明と言ってよいであろうか。

その次に掲載されたのは、経済学者都留重人の「新しい日本?」という文章で、新憲法における戦争放棄、財閥解体、労働運動の自由化、農地改革などの、占領期における諸改革を振り返ったうえで、この新しい民主主義的な制度の下で今後の日本がいかに国内に抱える諸問題を解決していくか、それなしには「新しい日本」はあり得ないと述べている。

政治と経済に関する寄稿は以上の二本だけで、あとはもっぱら芸術文化に関するものである。その分野は、文学、演劇、宗教、美術、大衆文化、建築など多岐にわたっている。皮肉にも、第1章で取り上げた、大戦前の国際文化振興会の企画を彷彿させる。とくに、文学については最も多くの頁を割いており、解説だけでなく、作品もふんだんに掲載されている。

2 「伊豆の踊子」の抄訳

川端康成の「伊豆の踊子」はそのタイトルを"The Izu Dancer"と英訳され、抄訳の形で掲載された。掲載の経緯について、サイデンステッカーが自伝の中で回想している。先述したように、サイデンステッカーは、太宰治の短編の翻訳を「エンカウンター」誌（一九五三年）に掲載する際、川端を介して太宰の未亡人から許可をもらった経緯があった。

「川端さんは、例えば翻訳権といった事柄に関しては、私の頼んだことは必ず、きちんと果たしてくれたものだった。多分日本ペンクラブの会長として、日本文学の英訳を促進するためには、できるだけの努力をする義務があると考えていたのだろう」[3]

川端と生前の太宰との関係は、必ずしも良好ではなかった。それにもかかわらず、このような労を取った川端の「尋常の域を超える寛容」をサイデンステッカーは指摘している。この時点ですでに川端とサイデンステッカーはよく知る間柄であったことが窺える。それとは別に、前述のとおり川端はその一年前の一九五二年に、クノップフ社のハロルド・ストラウスのインタビューを受けている。このような流れの中で、日本文学の英語への翻訳の機運がいよいよ高まりつつあることを、川端は肌で感じていたに違いない。

そうしたところへ、川端自身の「伊豆の踊子」の翻訳の話が舞い込んできたのである。「アトランティック」誌への掲載の打診である。持ちかけたのは、同誌の「日本特集」を手伝っていたサイデンステッカーであった。雑誌に掲載するには長いので一部を省略しなければならないが、それでも良いだろうかと許可を求めてきたのである。太宰作品の翻訳の件だけでなく、ペンクラブの関係でも既知の間柄であったサイデンステッカーからの依頼なので（サイデンステッカーは日本ペンクラブの会長であった川端の仕事を手伝っていた）、川端は快く承諾した。その結果、同誌の「日本特集」に、七頁ほどの長さに短縮された「伊豆の踊子」が掲載されることになった。

英訳したのは他でもないサイデンステッカーであったが、彼はこの翻訳が「抄訳」であることを読者に示さなかったことを、後悔している。端的に言えば忘れたのである。しかし、一九九七年に出された *"The Oxford Book of Japanese Short Stories"*（『オックスフォード日本短編選集』）には、サイデンステッカー訳の完全版が収められた。[4] 短編というには、「伊豆の踊子」は長すぎると思われるが、他に森鷗外の「山椒大夫」も含まれているので、一般的に欧米の「短編」という概念は日本のそれよりも長めの作品も含むと言える。

それとは別に、「アトランティック」誌の「日本特集」には太宰治の「女について」も収録されている。こちらもサイデンステッカー訳で、一九五三年に「エンカウンター」に載せたものを転載したようである。

『アトランティック』誌　日本特集掲載号

「特集」に掲載された小説作品は、以上の二篇以外にもう一篇あった。農地改革期の農村を描いた江口渙の短編「花嫁と馬一匹」（英文タイトルは"The Surplus Bride"）である。江口は戦前から左翼作家として活動し、小林多喜二の死に際しては葬儀委員長を務めた。なぜ彼の作品が掲載されたのかは不明である。英訳したのはサイデンステッカーであった。おそらくは、マッカーサーの農地改革政策へのオマージュといった側面もあったかと思われる。

現代小説とは別に、井原西鶴に関する評論、短歌・俳句の紹介、堀口大学の詩、昭和天皇の短歌、与謝野晶子の短歌、モダニズムの詩人北園克衛の詩、夏目漱石の短歌、谷崎潤一郎の『陰影礼賛』の要約を掲載している。

3　二つの日本文学論

次に注目したいのは、「現代日本文学――小説に関する二つの見解」と題された評論二篇である。ひとつは、中島健蔵、もう一つは、サイデンステッカーが書いた。いずれも二頁から三頁の短いものである。（アトランティック、156-169頁）最初の頁の下に二人の紹介があり、中島については、フランス文学者、ジャーナリスト、日本文藝家協会理事などと書いてある。実際には、中島は当時すでに文芸批評家としてよく知られていた。また、サイデンステッカーについては、東京在住のフォード財団研究員とあり、専攻は現代日本文学となっている。彼がフォード財団の援助のもとに東京大学で学んでいた時期のことである。

〈中島健蔵〉

まずは中島健蔵の文章だが、「メインストリーム」というサブタイトルがついている。冒頭に島崎藤村を取り上げ、自然主義文学の代表的な作家であり、その主要テーマは日本の古い家の制度との確執であると説明している。（アトランティック、156頁）おそらく、海外の読者が理解しやすいように、日本の近代文学と西洋文学の接点である自然主義から話を始めたかったのだろう。

続いて、明治維新後の近代文学の担い手であり広く読まれている作家として夏目漱石、国木田独歩、森鷗外に言及。漱石については最も有名な作品として『坊ちゃん』があるが、その後の作品は、次第に倫理と恋愛を深く掘り下げるようになり、第一次世界大戦前の日本の知識人の様相を巧みに表現しているとしている。また、そのような時代の知識人作家の一人として有島武郎を取り上げ、上流階級の出身でありながら、共産主義に共感するというアンビバレンスを指摘している。

他方、芥川龍之介は、映画『羅生門』の原作者として紹介されているのみで、それ以上の説明がない。（アトランティック、166頁）確かに黒澤明の『羅生門』は一九五一年にベネチア国際映画祭で金獅子賞を受賞したばかりで、世界中に知られるようになっていた。このことを考慮したのか、この映画との関連を示しておけばそれで充分と、中島は考えたのだろう。

次に書いているのは、両大戦間の文学状況についてである。この時期に盛んになり始めたモダニズム文学は、ナショナリズムと共産主義文学運動の興隆によって十全に展開しなかったという。欧米では、ほぼ同時に進行したこれら三つの思潮は、協働する場合もあった。とくに、モダニズムと共産主義は親和性が強く、一体化していることさえあった。またナショナリズム（ないしはファシズム）にしても、必ずしもモダニズムと敵対するものではなく、イタリアで見られたように、モダニズムの一部（未来派）と融合することもあった、と述べている。

しかし日本文学の状況は、西欧諸国の場合とかなり異なる。決定的に異なるのは、軍国主義のもとで表現が徹底的に圧迫されていたということである。そのような中では、抵抗して逮捕されるか、沈黙を選ぶか、あるいはニヒリズムかデカダンスに陥るかのいずれかであった。そして戦後になった今でも、日本の知識層のなかにはそのような圧迫に対する恐れが残存し続けていると中島は言う。

（アトランティック、166頁）

おそらくこのような事情は、民主主義と表現の自由がすでに当然のものであった欧米の読者にとっては想像しにくいのではないだろうか。日本の民主主義は、大正期に一時的に芽生えたが、不完全なまま軍国主義に一度粉砕され、戦後になっても、征服者から与えられたお仕着せの民主主義ということであれば、日本の知識層がその状況に対して戸惑いと不安を抱くというのは半ば当然と言える。このことには、我々も中島の指摘によって改めて気づかされる。

記事の後半では、戦後の状況について述べている。再び自然主義から話を始めているのは中島のこだわりだろう。彼によると、自然主義文学の流れを引くものの中では、正宗白鳥のみが生き残っており、大御所の島崎藤村は戦時中にすでに亡くなっている。また、大衆文学へ転じた菊池寛も戦後すぐに他界したとある。他方、戦前戦中のナショナリズムに背を向けていた永井荷風、独特で伝統的な感性を現代生活に反映させる谷崎潤一郎は、いまだに書き続けているなどと戦前からの流れを簡単に説明した後に、戦後へ話を移す。

具体的に取り上げているのは、堀田善衛、太宰治、丹羽文雄、大岡昇平、三島由紀夫の五人である。まずは堀田善衛であるが、この作家についてはこれまで、サイデンステッカーもキーンも、ストラウスも言及したことはなかった。一九五六年以降、堀田はアジア・アフリカ作家会議の推進に携わり、当時としては珍しく国際的な活動を行う日本人作家として、海外でも知られるようになるが、中島がここで取り上げたのは、その前のことであった。

堀田は一九五一年秋に『広場の孤独』で芥川賞を受賞したが、この作品について詳しく書いている。主人公は若い新聞記者で、朝鮮戦争勃発後の緊張した政治社会状況のなかで、個人としての主体性が危機にさらされているだけでなく、日本が再び戦火にまみれることさえ予想されるような緊迫した雰囲気が作品から伝わってくるという。

作品最後の方で、謎めいた外国人が登場し、主人公に海外渡航をするための金を渡すが、スパイにさせられることを恐れてその金を燃やすという場面がある。このような状況が実際にあっても不思議ではないほど、当時の日本は、東西両陣営のスパイがせめぎ合う場所であった。中島は次のように締めくくっている。

「第二次大戦後の若者は、第一次大戦後とは全く異なる不安と混乱を感じていた。堀田の作品はこの不安を見事に描いている」（アトランティック、１６６頁）。このことは先述した「知識層の不安」にも重なっていく。

次に取り上げるのは、太宰治である。「日本のランボー」とでも呼ぶべき存在で、そのニヒリズムが若い読者を獲得したが、結局時代の重みに耐えきれず一九四八年に自殺したと書いている。当時最も話題となった作家であることは間違いない。太宰の作品をどのように評価するかは別として、この特集にサイデンステッカー訳で彼の短編が紹介されているのにはそのような背景があると思われる。

大岡昇平については、戦前にスタンダールの影響を強く受けたが、戦後戦地から帰ると自らの捕虜体験をもとに『不慮記』を書き、高い評価を獲得したとある。他方、三島由紀夫は戦争という暗い世界から距離を置き、男女の愛を描くことに全力を傾けていると、いずれも簡単に説明している。それとは逆に、丹羽文雄についてはかなり詳しい。作品としては、新興宗教で金儲けをたくらむグループの人間模様を描いた『蛇と鳩』（一九五三年）と、料理人の世界を描いた『包丁』（一九五四年）を取り上げている。「これらの作品は社会の断片のいくつかを見事に描きだしているのだが、畢竟するに彼は単なる社会以上のものを描くこととなったのである」（アトランティック、167頁）と高く評価している。

後に触れるが、丹羽はクノップフ版の『蓼食う虫』の推薦者としても名前が出てくる。一九五〇年代当時、勢いのある作家の一人とみなされていたことが窺い知れる。一九五二年にストラウスが訪問した作家のなかに石川達三の名があったのも同じような状況があったのだろうと思う。いずれの作家も当時の文学界においては、重要度が今よりも高かったのだろう。一九五〇年代のこの中島の文章から当時の文学界の様子が窺えるのは興味深い。

最後に中島は、戦争の傷がまだ癒えきっていない都市東京の混沌の中から、新しい作家や詩人たちが登場しており、そこに生きる人間たちの生と心理を描いている。もし彼らの作品を集めたアンソロジーが実現すれば、それは「戦争という大変動の後の日本人の在り様について、語るべきすべてを提示することができるだろう」と結んでいる。(アトランティック、167-168頁)

〈サイデンステッカー〉


サイデンステッカーが書いた文章には「温存される伝統」という見出しが付いている。中島の文章をあらかじめ読んでいたらしく、「著名な日本人の文芸批評家があらかた論じたすぐあとに、外国人が日本の現代文学について自分の意見を開陳するなどということは何とも気が引ける」という文で始めている。それに続けて、「感性豊かな近代日本の知識人あるいは批評家といえども、古いものよりは新しいもの、良質の作家よりは反抗的な作家を好む傾向がある。その結果、フランスから「自然主義」を日本へ導入した文学の改革者に注意が向くことになった」と、明らかに中島健蔵の論を念頭に置いて書いている。

そして自然主義から「自伝的小説」すなわち私小説が派生的に生まれ、さらには、西洋流に社会改革のための文学(プロレタリア文学)が興隆することになり、これらが日本の文学の「メインストリーム」を形成したと説明する。私小説については、「何世紀ものあいだ忘れられていた」個人の生に目を向けた日記のような作品である、とサイデンステッカーは説明する。「何世紀ものあいだ忘れられていた」、「日記のような」とは、明らかに平安朝の日記文学を念頭に置いている。このような指摘をさせているのは、サイデンステッカーが初めて原書で読んだ日本文学が『蜻蛉日記』であったことも大いに関係しているだろう。

この文脈で、ようやく志賀直哉が登場することになる。「ようやく」と書いたのは。当時、キーンの『日本の文学』を含め、英米人の書いたものの中で志賀直哉に言及したものは他になかったからである。志賀は日本の国語の教科書には必ず登場する、最も重要な作家の一人であるが、前述したようにアメリカの文学ジャーナリズムは、私小説的な作品にほとんど興味を示さなかった。

サイデンステッカーは、外国人の目から見れば、「メインストリーム」すなわち私小説の系統よりも、それに抵抗した作家の方が面白いという。そして名前が挙がるのが、夏目漱石、永井荷風、谷崎潤一郎、川端康成という顔ぶれである。

夏目漱石は日本近代文学における重要作家の一人であり、彼も自然主義の作家たちと同様に自伝的な作品を書いてはいるが、それよりも西洋の、とくにイギリスの影響を強く受けている。自然主義(naturalism)というよりは、ヨーロッパの写実主義(realism)の伝統の流れを引いており、そのことが漱石を「メインストリーム」から遠ざけている、と説明する。さらに続けてこう書いている、

文学は人生でないことを漱石は知っており、自分の作品を一歩退いて見ることができるほどの芸

術家である。彼の最後の作品では、人間の我執に対する冷酷な分析を通じて、仏教的な諦念と自我の放逐といったものに到達している。（アトランティック、168頁）

無論、「最後の作品」とは『明暗』のことである。未完であるが、漱石が、そして日本近代文学が成しえた最高のリアリズム作品の一つであることは間違いない。そのことを的確に捉え、英米人にわかりやすく説明しているのは、サイデンステッカーの慧眼があったからこそである。

サイデンステッカーによると、一九一六年に漱石が没した後、少なくとも三人の作家は、きわめて明確に「温存される伝統」の中に位置づけられるという。その三人とは永井荷風、谷崎潤一郎、川端康成である。ここで、小見出しにもなっていた「温存される伝統」の意味が明らかになってくる。それはどうも、古い日本の伝統ということのようだ。

まずは荷風であるが、彼はフランス文学の影響を強く受けたが、日本の「自然主義作家」たちには背を向け、ひたすら、東京に残存する江戸文化を探し求めて作品にしていった。さらに、「今日では誰もが敬意をはらう文学界の重鎮であるが、独りで暮らし、他の作家たちと会うことを拒否している」と書いている。

その一方で、荷風は漱石と同様、日本の自然主義よりもヨーロッパのそれに近い。そして彼の陋《ろう》巷《こう》を描きとる筆致には、「自伝的」小説を書いている日本の自然主義作家などは到底及びもつかないという。また、荷風の昔日の東京に対する愛着は非常に強いものがあり、そのことが作品全体を優しく覆う特有のメランコリーとなって表れているとも書いている。サイデンステッカーは、後に荷風論をいくつか書いているが、この時点ですでにこの作家に少なからず関心を寄せていたことが窺える。

次は谷崎潤一郎である。谷崎は荷風の推薦で文学界にデビューしたのだが、やはり彼の場合も当時の「自然主義作家」に反発した。そしてしばらくすると、二人は西洋文化にも背を向けることになった、とサイデンステッカーは説明する。谷崎は東京出身であるが、関東大震災のあと日本文化の伝統がより濃く残存している関西に移り住んだ。その地で谷崎は、「古い時代の日本を発見し、以来彼はそれを作品にとどめようと試み続けている」という。

谷崎の最新作は長編『細雪』で、ゆったりとして優美な大阪の商人文化を描いたものだと紹介している。おそらく、サイデンステッカーはこの文章を書いているとき、この作品を翻訳中であったと思われる。「Sasameyuki」という題名を「ほとんど翻訳不能」と説明していることからそれがわかる。後述するが、結局この「Sasameyuki」は *The Makioka Sisters* と訳されて、二年後の一九五七年にクノップフから出版された。さらにサイデンステッカーは、この作品は戦争中に書かれたにもかかわらず、そのことを思わせるものは何もなく、「台風が襲ってくる前の静謐な日本庭園」のようであると書いている。

また谷崎は漱石と違い、知の側面を表に出すことをせず、「精妙な表層、過去と現在を結ぶ儀礼的なものに関心を寄せ、観念が作品の邪魔をするのを拒んだ」、それはちょうど「中国の絵画にある知性主義には目もくれず、線と色に心を奪われていた日本の浮世絵師」のようでもある、とサイデンステッカーは述べている。言い得て妙である。(アトランティック、169頁)

最後に川端康成について書いている。彼は他の三人とは異なり、西洋に心酔したことはなく、幼いうちから日本の古典に親しみ、それが独自の「川端文学」なるものを形成したという。彼の伝統主義は自然主義よりもむしろ、第一次大戦後の日本の文学界を席巻するかの勢いがあったプロレタリア文学と鋭く対立した。川端文学の真骨頂はその抒情性にあり、この「特集」に収められている「伊豆の踊子」は、その一端を窺わせるものになるだろうと説明する。

川端は谷崎と同様、女性を書いたときにその本領を発揮する。両者の違いは、谷崎の描く女性は社会の中での居場所があり、アイデンティティを持っているのに対して、「川端の描く女性は孤独で、死にかけていたり、打ち捨てられていたり、罪を背負っていたりする女である」。そのような女性のはかない美しさを川端の筆は描き出し、存在することの意味を与えるのだという。さらに、川端の手法については、日本の古い詩の形式である俳句を手本に、一瞬の美を伝え、その向こうには空ろしかないという冷ややかな現実を我々に知らしめるのであるとしている。

最後に戦後の日本の文学状況について述べている。一九四五年の敗戦以降、日本文学は混乱の中にあるが、今後の活躍を見込まれるのは小説の本来あるべき姿を忘れていない作家たちであるとサイデンステッカーは考える。彼が問題にするのは、戦後文学があまりにも政治的になり、文学が政治のパンフレットに化している状況である。これは、終戦直後に発行された「近代文学」に集まった作家や評論家たちによる作品や議論、さらには彼らと「新日本文学」派の間で交わされた「政治と文学論争」に対する彼なりの反発であろう。サイデンステッカーはこう書いている、

［社会的小説は］私的な領域をあらかじめ排除しなければならず、そのため社会的小説が、個人的生活を扱う場合には実に些末で軽薄なものになっている。結果としてそのような小説は政治パンフレットと化しているのである。非政治的な作家であっても、同様の誤りを犯しており、小説は人間について書くものであるということを忘れてしまっている。（アトランティック、169頁）

サイデンステッカーは後に、進歩派と呼ばれる日本の左翼知識人と論争するようになるが、その萌芽がこのようなところに見られる。

ともあれ、サイデンステッカーが今後嘱望される作家と見なしているのは、武田泰淳と三島由紀夫である。武田については、戦後日本の知的生活の混乱と興奮を巧みに捉え、それを描き出す素晴らしい才能の持ち主であるという。一方、二十代後半の三島については、これまでのところ同性愛について書いているが、それは文化全般が抱える病弊のシンボルと彼には思えるのだろうと分析する。おそらく、同性愛を扱った当時の三島の作品とは、『仮面の告白』と『禁色』であろう。

そして「もし戦後の世代で〈保守的抵抗〉（conservative resistance）と私が呼ぶものに属す作家がいるとすれば、それは三島である」という。その理由は、日本の古典と漱石の影響を受けたほかの

作家たちと同様、三島が「小説に何か行動を起こさせるものがあるとすれば、政治的であれ、文学的であれ、それは危険なことであるということを忘れていないからである」としている。（アトランティック、169頁）我々が後に知った三島の最期は、それを逆説的に示したかのようである。

この文章が書かれた一九五五年の時点では、サイデンステッカーが三島をかなり高く評価していたことが分かる。日本だけでなく、海外でも反響の大きかった『潮騒』の英訳がクノップフ社から出版されるのは、この文章が書かれた翌年の一九五六年で、訳者はメレディス・ウェザビーであった。サイデンステッカーが訳した三島作品は自決の直前に書かれた『天人五衰』（*The Decay of the Angel*）のみで、一九七四年にクノップフ社から出版された。のちに彼は自伝の中で、あまり好きな作品でもないいし、翻訳の出来もよくないと書いている。（『自伝』、一八六頁）しかし、同じ自伝の別の箇所で彼は、こうも書いている。

小説家としての三島には、多少疑問を感じないではなかったけれども、批評家としては、疑問の余地なく一流であったと思う。一度小説を書くのをやめて、批評に専念したほうがいいのではないかと、彼に話したことがあった。（『自伝』、二一九頁）

以上、中島健蔵とサイデンステッカーの日本文学論を見てきたが、その違いは明瞭である。中島が自然主義を手がかりに、リアリズムの系統の文学を中心に論を進めるのに対し、サイデンステッカーは現代日本文学の中にある古典の伝統に着目している。その結果、二人が取り上げている作家も作品も重なるところが少ない。無論、サイデンステッカーが事前に中島の文章を読んでいて、重複を避けようとしていたのかもしれないが、それ以上に日本の小説に対する両者のスタンスの違いが見えている。

中島は、どちらかと言えば旧世代の文学観を代表しており、思想的にはサイデンステッカーが対立することになる「進歩派」知識人に属する人物であった。中島は、戦後すぐに発足した旧共産党系の団体「新日本文学会」の幹事会議長も務めている。他方、サイデンステッカーは前述のように、反共の文化自由会議に関わっており、「日本文化フォーラム」に集まった保守系知識人の多くと親しく交わるようになる。両者の文学観の相違は、このような思想的傾向の相違でもある。

注

1 "A Gateway to Japan," *Atlantic* (Jan., 1955): 99.

2 "Japan Speaks to America," *Atlantic* (Jan., 1955): 100. 以後、この資料からの引証は、本文中に、(アトランティック、該当頁数) という形で示す。

3 エドワード・G・サイデンステッカー『流れゆく日々――サイデンステッカー自伝』(時事通信社、二〇〇四年)、一八八頁。以後この資料からの引証は、本文中に (『自伝』、頁数) という形で示す。

4 Theodore William Goossen ed., *The Oxford Book of Japanese Short Stories* (New York: OUP, 1997).

第9章　一九五五年、英訳プログラム始動

1　大佛次郎の『帰郷』

「アトランティック」誌の「日本特集」とは別に、クノップフ社の英訳プログラムは、すでにハロルド・ストラウスが日本を訪問するなど、下準備が着々と進行していた。次に手をつけなくてはならなかったのは、プログラムを成功させるためのカギとなる優秀な翻訳者を見つけ出すことであった。多方面に手をつくして四年後、ストラウスが行きついたのは、ブルースター・ホーウィッツであった。彼をストラウスに紹介したのは、当時カリフォルニア大学バークレー校で日本文学を教えていたハワード・ヒベットである（ウォーカー、57頁）。

ヒベットはハーバード大学で日本語と日本文学を学んだのち、日本語の専門家として米陸軍に勤務した。その後、ハーバード大学で博士号を取得し、一九五八年に同大学の教授に就任している。

ヒベットとホーウィッツにどのような関係があったのかは不明だが、ヒベットがストラウスの英訳プログラム推進のキーマンのひとりであったことは間違いない。

またヒベット自身も後に、このプログラムで谷崎潤一郎の「鍵」、「瘋癲老人日記」などの翻訳を手掛けることになる。当時の様子を伝えるものとして、谷崎を挟んで、キーン、サイデンステッカー、ヒベットが並んでソファーに座って酒を飲んでいるスナップ写真がある。写真嫌いの谷崎が笑って写っている貴重な一枚である。この写真が撮られたのは、谷崎が亡くなる数カ月前で、場所は湯河原の谷崎邸であった。

ともあれ、ヒベットの紹介したホーウィッツはストラウスの眼鏡にかなうこととなり、日本文学シリーズの最初の作品の翻訳者に選ばれた。ホーウィッツの経歴について分かるのは、米陸軍の日本語学校で学んだ後、ニューヨーク大学で修士号（日本語学）を取得したということだけである。ストラウスによると、彼は広範な文学的教養を有し、日本語だけでなくフランス語にも通じていたという。ストラウスはホーウィッツから日本文学に関して様々な助言を得ていたようである（ウォーカー、61頁）。

次の課題は翻訳すべき原作の選定であった。これに関しては、ストラウスは作品の真価を判断できるほどの日本語力が自分に備わっていないということを自覚しており、ホーウィッツを知る前に、何人かの日本人に相談を持ち掛けた（ウォーカー、51頁）。最初は、太宰治の翻訳を検討したらしいが、ある日本人が、太宰が日本でよく売れているのは彼が自殺したばかりで（一九四八年）世間を騒がしているからだと助言した。前にも述べた通り、サイデンステッカーが太宰の短編を翻訳して「エンカウンター」誌に載せたのも、太宰が当時最も話題の作家だったからであった。

結局、太宰はクノップフ社の企画から外れ、最初の翻訳作品として選ばれたのが、大佛次郎の『帰郷』であった。一九五二年に日本を訪問した際のストラウスの報告記事「編集者の日本訪問」にもあったように、大佛が当時日本で最も人気のある作家の一人で、なおかつその経歴（元外務省嘱託）から国際的な視野も広いと考えたからであろう。英訳プログラムの第一作であるだけに、人気作家の作品を扱うことによって失敗を回避しようというストラウスの思惑が感じられる。

実際には、ホーウィッツは同プログラムの最初の作品として大岡昇平の作品を推薦した。しかしストラウスは、「私は日本文学の中に日本的な特質を求めようとしているのだ」と主張し、ホーウィッツの推薦を拒否した。その代わりに選ばれたのが、当時、毎日新聞で連載されて好評であった大佛次郎の『帰郷』であった。その甲斐あってか、第一作目としては、まずまずの成功を収めた。（ちなみに、大岡昇平の作品としては『野火』が、その二年後の一九五六年にプログラム第六作目としてアイヴァン・モリス訳で出版された）。

意見が食い違うこともあったが、ストラウスは一貫してホーウィッツの翻訳力を全面的に信頼していた。それを評して、二つの言語の機微までも訳文に反映させる一種の「天才」であると賛辞を惜しまなかった。[1]ところが何の前触れもなく、ホーウィッツは『帰郷』が出版される前の年一九五四年に自ら命を絶った。『帰郷』の翻訳原稿を完成させた直後のことである。その理由はわかっていない。ストラウスは最大の協力者を失うことになる。

しかし、ストラウスは一九五二年からすでに、英訳プログラムのプロモーションに乗り出しており、「アトランティック」誌に書いた「編集者の日本訪問」以外にもクノップフ社と自身がもつあらゆるコネクションを駆使して情宣活動を行った。戦後日本に関する自らの知見と文学的感受性を頼りに、有力雑誌や新聞に様々な記事を書き、また作品の一部を自分の手で訳して載せることもあった。企画の成功のために、新しい日本の文学と文化への理解を世界に広げようと懸命になっていたのである。

一九五五年に英語版『帰郷』が出版されると、人脈を駆使してできるだけ多くの有力新聞・雑誌に書評が載るように手配した（実際にはその一部は出版前から手配していた）。その評者の中には、ハーバード大学教授で後の駐日米国大使エドウィン・ライシャワーも含まれる。さらには『帰郷』の巻頭には、ストラウス自身が九頁にわたる「序文」を書いた。それはまさしく日本文学を初めて手にする英米の読者のために書かれた熱のこもった「イントロダクション」であった。

その冒頭でストラウスは、戦争前には日本文学の英語訳はほとんどなく、鶴見祐輔が一九三二年に書いたセンチメンタルな小説「母」（*The Mother*）があるのみであった、と書いている。[2] 鶴見祐輔は戦前から戦後にかけての政治家兼文筆家で、アメリカ哲学者の鶴見俊輔の父親である。英語が堪能であったため自分で英訳してアメリカで出版した。これは、一種の道楽で、プロの作家が書いた文学作品とは別物である。むしろ問題なのは、大戦前にアメリカで英訳出版されていた小林多喜二の『蟹工船』（一九三三年）にも、火野葦平の『麦と兵隊』（一九三九年）にも全く触れていないという点である。

おそらく、ストラウスは、英訳プログラムの準備として日本文学について調べる際に、ドナルド・キーンが書いた『日本の文学』を読んでいなかった可能性がある。この本の中では、『蟹工船』についても『麦と兵隊』についてもきちんと言及しているからだ。それもそのはず、『日本の文学』がアメリカで出版されるのが一九五五年なので、同年出版の『帰郷』に付けられた「序文」には間に合わなかったのであろう（イギリス版はその二年前に出版されていたのだが）。

その一方で、ストラウスはアーサー・ウェーリーの訳した『源氏物語』（英語版の第一巻は一九二五年）には言及している。前述のように、ウェーリー訳『源氏物語』は、欧米で評判となり一大ブームを起こしたほどだから、ストラウスが知っていて当然であろう。またストラウスは、アストンの『日本文学の歴史』の方は読んでいたかもしれない。一九五五年にキーンの『日本の文学』が出る前には、日本文学の概略を知ろうと思えば、半世紀前に出されたこのアストンの著作以外にはなかったからである。そこには『源氏物語』についての記述もある。

同じ紹介文の中で、ストラウスは、自身が陸軍日本語学校で実際に経験しているだけに、ヨーロッパ語を英語に訳すのに比べて、日本語から英語に翻訳する仕事がいかに困難であるかを強調している。そのうえで、この英語版『帰郷』の価値の大きさを訴えている。加えて、日本文化の特質、精妙な日本人の感性とその文学的表現についても丁寧に説明しており、何とかして欧米の読者を日本文学へ誘い込もうと努力していることが窺える。

　またこの「序文」からは、ストラウスが大佛次郎と二度会っていることが分かる。一回目は一九四六年で、おそらくストラウスが当時従事していたGHQの仕事の関係であろう。二回目は一九五二年で、記事「編集者の日本訪問」の取材の際である。いずれも大佛の自宅においてであった。この二度の会見が、大佛の『帰郷』をシリーズの第一作目として選択する大きな原因となっていたことが推測できる。

「序文」では当然のことながら、作者大佛次郎のプロフィール、住居の様子なども詳しく紹介している。そして最後に、翻訳者ブルースター・ホーウィッツの死を伝えている。ホーウィッツとの出会い、簡単な経歴に加えて、まれに見るその才能を称賛している。翻訳本に編集者が序文を書き、加えて翻訳者の紹介とエピソードを掲げるというのは欧米の出版界では異例であるだけに、ストラウスの並々ならぬ思いが伝わってくる。ちなみに、ホーウィッツはその名前からストラウスと同様ユダヤ系であると推定される。

　では、当時のアメリカのジャーナリズムが『帰郷』をどのように見ていたのか、実際の書評の中身をいくつか見てみよう。先ずは「ニューヨーク・ヘラルド・トリビューン」紙に載せたライシャワーの書評であるが、『帰郷』を「日本を代表する作家が戦後に書いた傑作」とし、ホーウィッツの翻訳については「なめらかで読みやすく」、戦時中の必要から生み出された日本語専門家によって、戦後に生み出された素晴らしい業績、と称賛している。さらには、ストラウスの「序文」が読者の理解と喜びをもたらすだろうと付け加えている。[3]
「ネーション」誌に載った書評は、作品内容について詳しく触れており、次のように書いている、
『帰郷』は個人としての日本人と、国としての日本を同時に表現しており、また一人の人間の個性と、戦争によって破壊された島国的社会との間の葛藤を描いたものでもある。この小説が取り込んでいる社会的要素は単に物語の枠組みを提供しているだけではない。戦後日本それ自体が一つのドラマとなっているということを示している。崩壊した伝統、国民的貧困、深刻な人口過密問題などが、一人の日本人の人格を通じて描かれる。[4]

またホーウィッツの翻訳に関しては、「その巧みさが作品に終始エキゾチックな雰囲気をもたらしている」とある。このことは、ストラウスが当初ねらっていた「日本的特質」が首尾よく伝わったことを意味している。そして最後に、「この作品は、戦後の流動的文化状況を捉えた印象深い洗練された小説である」と結んでいる。

「ニューヨーク・タイムズ」は、作品の質の高さ、色彩の豊かさを指摘したうえで、ストラウスの優れた序文が「アメリカの読者の日本への理解を深める」と書いた。これらの他にも、好意的な書評が目立つ。

しかし、中には厳しいものもあった。「タイム」誌は、「昔のお涙ちょうだいの『エポック・ア

ーデン』の物語をバイオリンの替わりに三味線の伴奏で語ったもの」と評した。「エポック・アーデン」の物語とは、イギリスの詩人テニソンの詩にあるのだが、ある男が何年も留守にした後に、家に帰ってみると残した妻が別の男と再婚し、自分の子供と幸せそうに暮らしていたという話で、『帰郷』の主人公が何年もの間ヨーロッパ各地を転々としたのち戦後の日本に帰国すると、大きく変貌した国土と日本人に落胆し苦悩するというストーリーの類似性に言及し、『帰郷』のセンチメンタリズムを暗に批判している。[5]

イギリスの「タイムズ・リタラリー・サプリメント」は「人物の掘り下げが浅く、ぼんやりとした優美な雰囲気が全体を覆っているだけだ」と評した。[6] それでも十件以上の書評のうち八割は好意的なものであった。

2 谷崎潤一郎『蓼食う虫』

ストラウスは、ホーウィッツとは別に、翻訳プログラムを担うさらなる人材を求めていた。頼ったのはやはりホーウィッツの場合と同様、ハワード・ヒベットであった。ストラウスはヒベットに次のように書き送っている。

詩的で情調を漂わす日本の小説で問題なのは、いかにしてそれを伝えきる優れた翻訳者を確保するかです。日本文学は趣を表現するために、文体に大きく依存しています。したがって、その英語訳の文体それ自体が芸術の域に達していなくてはならないのです。〈中略〉私はこのような難題に取り組めるような翻訳者を探しているのです。（ウォーカー、57頁）

ヒベットはこのようなストラウスの要望に応えて、当時東京大学に留学中のエドワード・サイデンステッカーを紹介した。ストラウスは早速、サイデンステッカーに手紙を出して「現代の日本の小説を訳してみませんか」という誘いをかけた。ストラウスはすでに「エンカウンター」誌など英米のいくつかの雑誌に掲載されたサイデンステッカーの翻訳（いずれも短編ないしは抄訳）を読んでいた。さらにストラウスは、手紙の中で英訳プログラムについて熱心に説明した。その内容について書いた部分がサイデンステッカーの自伝の中にある。

近・現代の日本の小説を英訳し、シリーズとして出版するつもりだというのである。ストロース［ストラウス］が手がけた出版活動の中でも、これは特に気に入っている計画で、彼自身の発案にかかるプロジェクトだったし、事実、彼の編集・企画者としての晩年の仕事の中で、最大のエネルギーと時間を注ぎ込んだ計画だった。（［ ］内、堀）[7]

前に見たようなストラウスの偽らざる思いが伝わっている。この率直さが功を奏したのか、サイデンステッカーを説得することができた。有力な翻訳者としてサイデンステッカーを迎え入れたことによって、ストラウスの英訳プログラムは本格的に始動し、次々と英訳本が世界に出回っていくこととなる。サイデンステッカーは自伝の中でさらに続けて、「日本の現代文学がいかに豊かなものであるかを世界に知らしめた最大の功労者は、自分も含めた大学教授の面々などではなく、むしろストラウスである」と書いている。(『自伝』、一八五頁)

誘いを受け入れたサイデンステッカーは、どの作品を翻訳するかについて、ストラウスと協議しなければならなかった。ストラウス自身は大佛の作品を続けて出したいという思いがあったが、サイデンステッカーにはその気はなかった。その後手紙でのやり取りを幾度か繰り返した後、結局、翻訳作品の選択はサイデンステッカーに一任されることになった。

サイデンステッカーは、川端康成にするか谷崎潤一郎にするかで最後まで迷った挙句、谷崎を推薦することに決めた。その理由は「二人のうちでは谷崎の方が骨格がしっかりしていて、英語に訳すという試練をくぐり抜けても、いわば健全な体形を損なわずにすむ可能性が高いと思ったからである」としている。(『自伝』、一九三頁)そして翻訳する作品は、戦後最大の傑作とされる長編『細雪』をサイデンステッカーは推したが、ストラウスは谷崎の最初の作品としては『細雪』は重すぎるのではないかと懸念を示した。さらにはタイトルの『細雪』をどう英訳するかという問題、また優雅な大阪弁の雰囲気をどう英語に反映するかなどの困難があったため、この作品は次回以降に見送られ、サイデンステッカーの提案で、『蓼喰う虫』を先に訳すことになった。

この時の二人のやり取りの中で、ストラウスは日本の現代文学にある私小説的な伝統、すなわち身辺雑記的なことを事細かく書く傾向を問題にしており、欧米読者の歓心を買うには、できるだけ

「ノヴェル」に近いものを翻訳すべきだという意見を述べていた。これにはストラウス自身の日本での現地調査で得た知見が大いに関係していたと思われる。このようなストラウスの意向をおもんばかって、サイデンステッカーは人物の構成とストーリーの展開が比較的明瞭な『蓼喰う虫』の翻訳を提案したのだと思われる。

3　英訳の経緯と反響

翻訳作品が決まるとストラウスはすぐに、著作権や翻訳料など契約上の諸問題についてサイデンステッカーと具体的に交渉を開始した。それとほぼ同時に、ストラウスは谷崎宛に書簡を出している。つまり谷崎と直接交渉をしようとしたのだ。ストラウスは自身の素性とクノップフ社の英訳プログラムを簡単に紹介したうえで、谷崎に次のようなことを書き送っている、

現在までのところ、大きな障害となってきましたのは、十分な能力を有した翻訳者を見つけることでした。英語のできる日本人は多くいますし、日本語のできる英米人も多くいます。しかし、文学的な日本語の文体の精妙さを捉えるような英語の文体を有する者は極めて少数です。幸いなことに、私はそのような翻訳者を一人見つけました。しかも彼は現在東京に住んでおります。彼の名前はエドワード・サイデンステッカーといいます。（ウォーカー、66頁、一九五三年の谷崎宛書簡）

こうして翻訳者サイデンステッカーの名が谷崎に知らされた。ストラウスはさらに、著作権に関わる具体的な契約内容について説明し、谷崎に提案した。谷崎からの返事はなかった。当然のことながらこのような書簡は谷崎にとっては、いかにも唐突であったからだ。見かねたサイデンステッカーは、ストラウスに手紙を出し、谷崎は困惑しているのではないか、しばらくは直接谷崎に手紙を出さない方がいいと助言した。ストラウスはその忠告に従った。（ウォーカー、68-69頁）以後、出版の交渉は、サイデンステッカーと谷崎の間で行われ、翻訳作業は進展した。

翻訳原稿が完成したのは一九五四年五月であった。サイデンステッカーは早速谷崎にその旨を知らせ、同時に英語の写しも送った。谷崎は翻訳が出来上がったことを喜んだ。（『自伝』、二〇一頁）こうして英語版『蓼喰う虫』は、一九五五年にクノップフ社から出版される運びとなった。小説のタイトル『蓼喰う虫』は“Some Prefer Nettles”と訳された。

サイデンステッカーは「書評でも評判がよかったし、売れ行きも相応によかった」、「売れたのは東海岸や西海岸の大都市、それに大学町であった」と自伝に記している。（『自伝』、二〇二頁）それはつまり、アメリカのインテリ層に読まれたということである。日本の現代文学は、今のアニメや漫画などの大衆文化の海外への浸透とは異なり、知的な日本文化として知識階級に受け入れられていたことが分かる。

英訳『蓼喰う虫』は、アメリカで出版されるとすぐに、有力新聞・雑誌の書評に取り上げられた。私の調べでは、一九五五年だけで十四件ある。まずは、「ニューヨーク・タイムズ」紙だが、この書評はドナルド・キーンが書いている。その頃のキーンは、先に触れた著作『日本の文学』に加えて『日本文学選集』（*Anthology of Japanese Literature*）（全二巻）をニューヨークのグローブ・プレス社から出版したばかりで、新進気鋭の日本文学専門家として徐々にその名が知られるようになっていた。また同じ年に、コロンビア大学の助教授に就任している。

キーンは書評の中で、谷崎潤一郎は日本を代表する現代作家であると紹介し、作品の概要を説明。日本の古い文化と西洋的モダン文化との間で葛藤する主人公の性格は、とくに裕福な知識階層に見られる傾向（文化変容）であり、それを谷崎は巧みに描き出していると述べている。そして最後にサイデンステッカーの翻訳について言及し、その秀逸な英訳はアメリカの読者と作者谷崎の両方にとって幸運であったと称賛している。[8]

後の駐日アメリカ大使ライシャワーも書評を書いている（大佛の『帰郷』に続いて二回目）。これは『ニューヨーク・ヘラルド・トリビューン』が出している書評誌に掲載された。その中でライシャワーは、「『蓼食う虫』は現代日本の抱える精神的葛藤を垣間見させるものとして、またより広い意味で人間の在りようを描いた小説として重要な作品である」と述べている。

これらキーンとライシャワーによる二つの書評は、ハロルド・ストラウスが仕掛けたものであることが、彼のサイデンステッカーへの書簡で明らかになっている。敏腕のストラウスは人脈を駆使して二人の日本専門家の書評を「首尾よく手に入れた」のである。（ウォーカー、74頁）

この他にも、「アトランティック」誌の書評では、「蓼喰う虫」が日本文学としては久々の登場であるとしているが、戦争前の小林多喜二『蟹工船』と火野葦平の『麦と兵隊』の翻訳から時間が経過したことを示唆しているのであろうか、それともウェーリー訳の『源氏物語』まで遡るのであろうか、それは分からないが、この書評でも、谷崎作品の芸術性の高さとサイデンステッカーの訳文の素晴らしさを称賛している。

そのほかの書評も、大方同様の賛辞を寄せており、サイデンステッカー訳『蓼喰う虫』はまずまずの成功を収めたと言ってよいだろう。少なくとも大佛次郎の『帰郷』よりは売り上げを伸ばした。なお、イギリスではセカー・アンド・ウォーバーグ社から一九五六年に出版された。

出来上がった本の裏表紙の内側には、ヒベット、サイデンステッカーのものと並んで丹羽文雄のコメントが掲げられている——「その幅の広さと質の高さにおいて、今日の日本には比肩すべき者はほとんどいない」。有名日本作家のお墨付きを得たというところだろうか。またタイトル頁の後の頁で、作品のタイトル『蓼食う虫』(英文タイトル“Some Prefer Nettles”)は日本のことわざ「蓼食う虫も好き好き」に由来していると記しており、さらには日本語の人名の発音の仕方を、言語学の用語(母音、子音、二重母音など)を用いて詳しく説明している。この丁寧さは、もちろん欧米読者への便宜をはかっているのであるが、その読者がある程度教育を受けていることを前提にしている。

4　サイデンステッカーの序文

『帰郷』の場合と同様、『蓼食う虫』の翻訳にも「序文」が添えられている。それを書いたのは、ストラウスではなく翻訳者のサイデンステッカー自身であった。十頁にもわたる文章の冒頭で、サイデンステッカーは谷崎のエッセイ「東京を思う」の一部を英語に訳して引用している。該当箇所の谷崎の原文は、「『しめた、これで東京がよくなるぞ』という歓喜が湧いてくるのを、如何ともし難かったのである」となっている。[9]

この谷崎のエッセイは、関東大震災から十一年経った一九三四年に書かれたものである。谷崎は震災による破壊によって東京の街が再建され西洋化することを夢想していた。多くの人的被害を伴った大災害であっただけに、いささか不謹慎とも思える内容であるが、確かに当時の谷崎の思いを正直に伝えている。それほど震災前の東京に嫌気がさしていたのである。

しかし、震災後横浜から関西に移住してからは、谷崎の文化観には大きな変化が見られる。移住前に見られた西洋礼賛が影をひそめ、日本の伝統文化へ回帰するのである。その結果は一九二九年出版の『蓼食う虫』にも現れているが、その最たるものは、「東京を思う」と同じ一九三四年に書かれたエッセイ「陰翳礼讃」であろう。

サイデンステッカーは「序文」でそのことにも触れ、谷崎の初期の作品は、「ポー、ボードレール、ワイルドの影響」が一連の「悪魔的」と称される作品群に見られ、また個人生活でも西洋風を好んでいたと書いている。しかし、震災後に関西に移ってからは、日本の伝統文化に惹かれるようになり、それが『蓼食う虫』だけでなく、長編『細雪』、『源氏物語』の現代語訳などに反映されていると書いている。

無論、この「序文」を読む欧米人のほとんどはこれらの作品名を知る由もないので、これらの作品への言及は、意図的かどうかは定かではないが、いずれもその後まもなく、サイデンステッカー自身が手掛けてクノップフ社の日本文学シリーズに含まれることになるだけに、いわば前宣伝の役目を果たしていることになる。

作品内容については、『蓼食う虫』には東京と大阪、また二人の女性に象徴される新旧文化の対照が見られ、全体的には主人公要《かなめ》が、西洋の流行を追い求める東京の軽薄さよりも、古い伝統美がいまだに息づく大阪の町人文化の方へ傾斜していく様子が描かれていると書いている。[10]

興味深いのは、「序文」のなかで日本語から英語への翻訳について書いている部分である。少し長いが引用する。

日本語は絶望的なほど曖昧な言語で翻訳不可能であると言うのは簡単であるが、それは往々にして、最良の翻訳者をもってしても翻訳し得るかどうか怪しい、という誤った見解を導くことになる。二つの言語が全く同じ特性を持っているということはないのであるから、所詮翻訳文は仮のものでしかない。

日本語が明瞭さを拒否するというのは言い過ぎだが、確かにそのような性質があるために、翻訳を通じて日本文学を理解してもらおうとするのは難しい。谷崎は、文体に関する啓蒙的な評論『文章読本』のなかで、日本の作家はすべからく自分の言語の特性を知り、それに自分の表現を合わせるべきである、と書いている。すなわち日本語は曖昧であるが、その曖昧さを自分のものとして活用しなければならないというのである。[11]

実際には、『文章読本』の中に、引用箇所の最後の三行と一致する部分はないが、ポイントを要約するとおおよそ右のようになるだろう。日本語を英語に訳すことの困難の一つは、まさに日本語の持つこの「曖昧さ」であり、これを日本語に比べて明示的な性質を持つ英語に移し替えるのは至難の業であるとサイデンステッカーは言いたいのであろう。

ちなみに、谷崎自身は『文章読本』の中で、アーサー・ウェーリーの『源氏物語』の英訳について書いている。「ウェーレー［ウェーリー］氏の源氏の英訳は、近頃の名訳であるという評判が高いのでありまして、日本人が読んでさえなかなか理解しにくい古典を流暢な英文に翻訳し、而も原作を貫く精神とリズムとをある程度に生かし得ている」（［　］内、堀）としたうえで、[12]ウェーリーの英訳と原文を比較し、原文で三行のものが、英文では七行になる現象について、谷崎は次のように書いている。

英文の方が原文よりも精密であって、意味の不鮮明なところがない。原文の方は、云わないでも分かっていることはなるべく言わないで済ませるようにし、英文の方は、わかりきっていることでも尚一層分からせるようにしています。[13]

サイデンステッカーは、谷崎の文章は彼自身が言っているように『源氏物語』の系譜に位置付けられ、「夢想的で浮遊するような散文」を目指していると説明するが、その一方で、「谷崎の文は詩的情趣に満ちているにもかかわらず、実際のところ明晰な表現の見本のようなものである」と書いている。この認識は、前項で述べたように、ハロルド・ストラウスから、どの作品を翻訳するかについての相談を受けた際にもあった。むしろ『蓼食う虫』の場合、曖昧なために西洋の読者を当惑させるのは、小説の結末のあり方であると言う（『蓼食う虫』の主人公と二人の女性との関係は、その後どのようになるのか明示されておらず、読者の想像に任されている）。[14]

余談になるが、『文章読本』が書かれた一九三四年の時点で、谷崎がウェーリー訳の「源氏物語」を読んでいたという事実は留意されるべきである。ウェーリーの英訳は一九二五年に最初の巻が出され、最終巻が出版されたのは一九三三年であるから、イギリスで出版されてから時を置かずして谷崎はそれを入手し、英語で読んでいたことになる。

谷崎は、『細雪』が完成するとすぐに、日本語の原本のまま、ウェーリーに送っている。だが、ウェーリーは、あまり興味を示さず、それをドナルド・キーンに進呈したという。谷崎がウェーリーに本を送ったのは、ウェーリーが、英訳を手掛けてくれるのではないかと密かに期待していたからだと思われる。[15] 結局は、『細雪』はサイデンステッカーによって翻訳されることになる。

ともあれ、サイデンステッカーは「序文」を通じて、日本語と日本文学、さらには谷崎の文章の特性について丁寧に説明し、欧米の読者たちを日本文学の世界に円滑に導き入れようと努めていることが分かる。しかもここで述べられている内容は、単なる日本文学入門ではなく、日本の文学界においても、谷崎論として立派に通用する水準であることは注目すべきであろう。

「序文」の最後には、謝辞が付されている。一つはフォード財団に対してであり、同財団の資金援助のおかげでこの「実験的」な翻訳が可能になったとある。もう一つは、翻訳原稿に目を通してくれただけでなく、様々な質問に我慢強く応じてくれた友人で作家の高橋治に対してであった。[16]

注

1 Harold Strauss, "Introduction" in Jiro Osaragi, Homecoming, tr. from the Japanese by Brewster Horwitz (New York: Knopf: 1954) v.
2 Harold Strauss, "Introduction," xii-xiii.
3 E. O. Reischauer, " Book Review," *New York Herald Tribune* (Jan. 6, 1955) : 3.
4 Maurice Richardson' "Post War Japan," *Nation* (July 23, 1955): 82.
5 "Book Review," Time (Jan. 24, 1955); *Book Review Digest* (New York: Wilson, 1955) 678.
6 *Times Literary Supplement* (Sep. 9, 1955) 521.

7 エドワード・G・サイデンステッカー、『流れゆく日々――サイデンステッカー自伝』（時事通信社、二〇〇四年）一八五頁。以下、本資料からの引証は、本文中で（自伝、該当頁数）の形で示す。

8 Donald Keene, "As Two New Worlds Tug," *New York Times* (May 8, 1955): 4.

9 谷崎潤一郎、『谷崎潤一郎全集』第二十一巻（中央公論社、一九八六年）一二一―一三頁。原文を堀が、新漢字、現代仮名遣いに変更した。以後、『全集』からの引用に関しては同様。

10 Edward G. Seidensticker, "Introduction" in Junichiro Tanizaki, *Some Prefer Nettles*, tr. from the Japanese by Edward G. Seidensticker (New York: Knopf, 1955) pp.xi-xiii.

11 Seidensticker, "Introduction," xiv.

12 谷崎潤一郎、『谷崎潤一郎全集』第二十一巻（中央公論社、一九八六年）一二五頁。

13 谷崎潤一郎、『谷崎潤一郎全集』第二十一巻（中央公論社、一九八六年）一二六頁。

14 Seidensticker, "Introduction," xi-xiv.

15 キーンはこの経緯について次のように書いている――

一九五一年の春、英国人で日本文化の大家であるアーサー・ウェーリー先生から『細雪』のことを聞き、是非読ませていただきたいと申し出たら、ウェーリー先生は快く三冊本をくださった。後で三百部限定版だったことがわかったが、谷崎先生は一冊ずつ筆で献辞を書いておられた。一冊目に「慧以礼伊」様　著者」となっている。

ドナルド・キーン『二つの母国に生きて』（朝日新聞出版、二〇一五年）一九六頁。

16

高橋治はサイデンステッカーが東大に通っていた時代から晩年までの親友で、小説家でありジャーナリストであった。後にサイデンステッカーが社会評論を手掛けるようになるきっかけを与えたのは高橋であった。一九八三年に直木賞を受賞している。

第10章　川端康成『雪国』

1　川端との出会い

前にも述べたように、サイデンステッカーと川端康成とはかなり早くから交流があった。まずは、サイデンステッカーが太宰治の短編二篇の翻訳を「エンカウンター」誌に掲載する際、太宰の未亡人から翻訳の許可を取ってくれたのが川端であった。その時の手紙が手元に残っているとサイデンステッカーは自伝に書いている。その手紙の日付は、昭和二十八年（一九五三年）八月二十四日であった。（『自伝』、一八八頁）

つぎの関係は、川端の『伊豆の踊子』抄訳の件である。雑誌に掲載するため、全訳を載せるわけにはいかず、一部を省略する必要があったので、その許可を原作者の川端に求めたところ、時をおかずして承諾の手紙が届いたという。日付は昭和二十九年（一九五四年）十月二十日である。この抄訳が掲載されたのは、アメリカの「アトランティック」誌一九五五年一月号であった（これについてはすでに、第8章で詳述した）。おそらくこの二度の契機が、川端とサイデンステッカーを接近させたのだと思われる。

サイデンステッカーの訳した『伊豆の踊子』の抄訳は、“The Izu Dancer”というタイトルが付けられ、英文で七頁ほどの長さに縮められている。これが川端康成の最初の英訳作品となった。無論、川端は日本文学の大御所の一人として谷崎と並ぶ存在であったことは間違いないし、人気もあった。しかし、クノップフ社の日本文学英訳シリーズを担うストラウスは、ただやみくもに計画を推進していたわけではない。彼はアメリカの読者が何を求めているかを十分に理解していた――「アメリカの読者は典型的な日本の香りや雰囲気が漂っているものを期待する」とハワード・ヒベット宛の手紙に書いている。（ウォーカー、56頁）

その一方で、ストラウスは日本人が「我々〔日本人〕のことは外国人には理解できない」（〔　〕内、堀）と高をくくっていることにも気づいていた。そして日本文学の翻訳は、その壁を乗り越えることであり、それをやり遂げるためには英訳という作業が、一種の芸術の領域に達するものでなくてはならないと考えていた。前述のように、ストラウスのそのような要望にかなう翻訳者として、サイデンステッカーは選ばれたのである。

ストラウスはこの頃からノーベル賞のことを意識しており、自分が手掛けた日本人作家の中から受賞者が生まれることを期待していた。したがって彼の企画は次第に純文学を中心に進んでいくことになる。サイデンステッカーは、ストラウスの意向を十分に理解していた。『蓼食う虫』の次に何を翻訳するか、その選択を任された彼が推したのは、川端康成の『雪国』であった。その理由を推察するに、少なくとも、「伊豆の踊子」がやや通俗小説的であるのに対して、『雪国』はより純文学の香りが高いし、まず何よりも作品が醸し出す雰囲気と設定が極めて「日本的」であったからであろう。

しかしそれだけの理由でもなさそうである。サイデンステッカーによると、谷崎の文章は「明快で、論理的、合理的」であるのに対して、川端は意味を判断しかねる箇所が多くあるが、翻訳する面白さがあるように思えたという。「極度に切り詰めた表現のうちに、作品の成否がかかっている」、つまり一語に幾通りもの意味を持たせ、幾通りもの用い方をする。

そのような曖昧さが翻訳をする者からすれば醍醐味であり、文脈の中で変化する語句の意味を正確に英語に訳すために、唯一の訳語、最善の訳文を探し求める作業が、「少しばかりフロベールになった気分」がしたという。(『自伝』、二〇二-二〇八頁) 谷崎の翻訳で自信をつけたサイデンステッカーは、困難を承知したうえで川端の文章に果敢に挑戦したのである。

2　翻訳の妙味

英語版『雪国』はタイトルを“Snow Country”と訳され、一九五六年にクノップフ社から出版された。サイデンステッカーは『蓼食う虫』に続いてこの作品にも「序文」を書いている。六頁と前回よりも短い。その中で、サイデンステッカーは、作品の舞台となっている湯沢温泉の気候風土、「雪国」という言葉の持つ意味、温泉芸者という存在がどのようなものであるかを説明する。そうしたうえで、ヒロインの芸者と雪国の風景が織りなす陰影と儚い美が、通奏低音のように作品全体を貫いており、そこに「読者が強く感じるのは、川端文学にある冷ややかなる孤独感」であるという。

それに続いて川端の生い立ち、作家としての経歴、作品の成立の過程などを一通り説明したうえで、川端の作品傾向に話を移すのだが、サイデンステッカーは、川端の表現手法には俳句の伝統が見られると指摘している。

俳句的手法は、この作家にとっては達成すべき一大目標である。それが求めるのは簡潔かつ謹厳なる表現であり、それが故に、彼の小説は虚空に点滅する閃光の連なりのごとくでなければならない。『雪国』で川端は、俳句と小説が一体化するような地点を目指しているのである。[1]

川端の文体と俳句との類縁性は、しばしば指摘されるところである。俳句という日本独特の詩の形式は、二十世紀の初頭から欧米の知識層の一部にはよく知られており、当時のモダニズムの詩人たちのように、その模倣を行う文学者さえいた。したがってサイデンステッカーがあえて俳句に触れているのは、文学的教養を有しかつ日本文化に興味のある欧米の読者にとっては、理解されやすいと考えたからであろう。

サイデンステッカーは別の評論で、川端の文体に見られる「あの急激な転換や読者を驚かすイメージは、明らかに一九二〇年代の前衛的な西欧文学と共通点を持っている」と書いているが、これは逆に、少なからず日本の俳句が西欧の前衛文学に影響を与えた結果でもあった。したがってサイデンステッカーはこう続ける、「しかし改めてくり返すまでもない程しばしば指摘されてきた事ではあるが、川端の文体は俳文の伝統に発するものとも言えるのである」。[2]

また彼は、「日本の作家のうちでも、川端と泉鏡花が一番訳しづらく、長編では『雪国』が一番難しかった」とも述べている。川端の文章が一部であるにしろ西洋の文学との共通点を有しているならば、西洋語に訳しやすくてもよいはずなのに訳しづらいのは何故か。サイデンステッカーは、ヘミングウェイを引き合いに出す。ヘミングウェイは世界中の言語に翻訳されてアメリカ文学の中ではマークトウェインと並んで、最もよく読まれている作家だが、実のところ、「その完璧な翻訳などというものはどんな外国語であれ全く考えられない」。なぜならヘミングウェイの文学で一番大事な点が、新しい文体の駆使にある以上、果たして外国で本当に理解されるかどうか疑わしい」と言うのである。(『作家論』、七八頁)

では川端の場合はどうなのだろう。サイデンステッカーは、「すぐれた文体は、常に翻訳困難である。いや翻訳不可能であろう」と言う。どんなに訳文がすばらしくても、大ていは原文とまるで違ったものになっているとしたうえで、さらに次のように書いている。

すぐれた文体の中にも、とくに翻訳困難なものがある。私の経験を要約してみると、二つの文体が、相劣らぬ美しさを具えている場合、リズムと意味の単位が短い方が、翻訳がより困難だという気がする。だから和歌の方が俳句よりも翻訳しやすい。この原則を適用してみると、谷崎の方が川端よりも翻訳しやすいことになる。(『作家論』、七九頁)

実に明快な論理である。センテンスが長く形容語が幾重にも重なる谷崎の文体は一見翻訳がしづらく思える。しかしその実は、語句の相互の働きが合理的で明確なため、その構造のまま外国語に変換するのは容易なのである。ところが、川端の文体は、とくに『雪国』では「最も短く、しかも最も圧縮された単位が使われている。流れるというよりは、俳文風な短く急激な発作を思わせる動きを示し、俳文の達人たちの場合と同じく、いわば次の発作への転換は、しばしば極めて捕らえ難い」と述べている。たとえば、次のような箇所はどうであろう。

ああ、天の河と、島村も振り仰いだとたんに、天の河のなかへ体がふうと浮き上がってゆくようだった。天の河の明るさが島村を掬い上げそうに近かった。旅の芭蕉が荒海の上に見たのは、このようにあざやかな天の河の大きさであったか。裸の天の河は夜の大地を素肌で抱こうとして、直ぐそこに降りて来ている。恐ろしい艶めかしさだ。[3]

この日本文がサイデンステッカーの英訳ではこうなる。

The Milky Way. Shimamura too looked up, and he felt himself floating into the Milky Way. Its radiance was so near that it seemed to take him up into it. Was this the bright vastness the poet Bashō saw when he wrote of the Milky Way arched over a stormy sea? The Milky Way came down just over there, to wrap the night earth in its naked embrace. There was a terrible voluptuousness about it.[4]

一行目で、サイデンステッカーは原文にある感嘆詞「ああ」を省きピリオドで圧縮し、続く視線の転換と浮遊する感覚のつながりを and の一語でなめらかに表現している。逆に原文二行目の「旅の芭蕉が荒海の上に見た」の部分は、『奥の細道』にある「荒海や佐渡によこたふ天河」に暗に言及しているのだが、[5] それを踏まえて the poet Bashō saw when he wrote of the Milky Way... と、wrote of（「〜について書いた」）を補って訳している。

この部分だけを見ても、サイデンステッカーは、英語としての文の流れと意味の伝わりやすさに気を遣いながら、巧みに翻訳しているという印象が強い。このようにして「俳文風な短く急激な発作を思わせる動き」を持つ川端の文章は英語に変換されていくのである。

ドナルド・キーンは川端の文章をどのように見ていたのだろうか。彼は、一九八四年にアメリカで出版された*Dawn to the West : Japanese Literature of the Modern Era*（日本語版『日本文学史――近代・現代篇五』）で、「川端康成」という章を設け詳しく解説している。その中で、「川端にはほとんど構成という概念がなかった。たとえあったとしても一本の線でありそれは連歌の連なりや横に広げた絵巻に似て、建築的ではなかった」と書いており、「俳文風の」というサイデンステッカーの見方と一脈通じるものがある。また泉鏡花との類似性にも言及しているのだが、サイデンステッカーとほぼ同様のことを述べている。

だが次のようなキーンの指摘はどうであろう。ここでは日本語そのものの特質にも触れている。

文章の暗示性という点でも『雪国』は名品である。〈中略〉川端の文章は茫漠としている場合が多く、日本語の本質的な特色である間接的な表現をもって雄弁に語る能力を駆使することが多いからである。[6]

この指摘は明らかに西洋人ならではのもので、このような認識を持つに至るのは、彼らが日本文学を読む際に、または翻訳する際に、必ず克服しなければならない「日本語の本質的な特色」であり困難だったからである。キーンはさらにはこうも言う。

川端が『雪国』を書くに当たって古典のとくに何に負うところがあったかは明言できないが、作品から立ち上る香は、平安王朝の文学を思わせる。自由な連想が命じるままに印象描写が飛び飛びに連なっていくところなど、手法は明らかに近代的だが、小説の結末は謎めいてぼかされ、そのぼかし方がまさに日本の古典のそれに似て、日本文学特有の美学のうちに仕上がっている。[7]

川端が横光利一と共に新感覚派の旗手として、西欧モダニズムを想起させる実験的作品を試み、また新しい文学観に基づいた批評活動を行っていたことは誰もが知るところである。少なくとも途中までは、川端は名実ともに、プロレタリア文学の崩壊のあとの「文芸復興」を担う重要な存在と見なされていた。一九三五年に創設された芥川賞の選考委員の一人になったのもそれを物語っている。

だが、二人のアメリカ人が『雪国』に見たのは、それとは違う日本の古典文学の伝統であった。日本の現代文学に関してこのような見解を持つのは、サイデンステッカーにしてもキーンにしても、その日本文学への入り口が古典であったということが大いに関係しているだろう。ここに彼らの日本文学観の意外性とその独自性がある。

通常の日本人であれば、現代語から言葉を覚え、学校教育を受ける中で同時代の児童文学を通じて創作的言語に触れたのち、次第に漱石、鷗外、芥川などの近代文学へと導かれ、その後ないしは同時に古典をまるで外国語を学ぶような困難を覚えながら学ぶという流れになるのだが、前にも述べたように彼らの場合は、日本文学を学ぶ導入部分に『源氏物語』があったのである。つまりはじめに「源氏」ありきとでも言うべきか。

最初はウェーリー訳の英語だったかもしれない。しかし彼らは数年後、躊躇なく日本語の原文で読み始めることになる。しかも『源氏物語』だけではなかった。彼らの日本文学研究の最初の成果について、サイデンステッカーは『蜻蛉日記』の翻訳（一九五五年）であり、キーンは博士論文として書いた『国姓爺合戦』の研究（一九五一年）であったことはそれを如実に物語る。無論、その背景にコロンビアないしはハーバードの大学院における角田柳作の指導があったことは言うまでもない。彼らが日本の現代文学に関する仕事に積極的に取り組むようになるのは、むしろ日本へ留学した後のことであった。

3　アメリカでの評判

サイデンステッカー訳の『雪国』の欧米での評判はどのようなものであったか、当時の書評を手掛かりに見ていくとしよう。私の調べでは、少なくとも十社の米英の主要新聞・雑誌が取り上げている。まずは「ニューヨーク・タイムズ」に載ったドナルド・バーの書評であるが、書き出しはこうである——「著名な日本の作家川端康成が綴った、山間地の芸者と裕福で道楽半分に芸術と肉欲に手を染めている男との恋愛物語」。そしてこの書評記事のすぐ上には英訳本の表紙から転載したイラストが見えるが、そこには雪山を背景に日本髪の芸者が佇んでいる姿が描かれている。[8]

この書き出し部分だけ読むと、いかにも西洋人の好奇心をそそりそうな旧来の日本イメージそのものであるが、無論、記事の大半は文学作品としての『雪国』の批評に費やしている。バーは「この小説は恋愛の詳細を、物語るというよりは、雪に覆われた山の風景を背景に精妙に仄めかしている」と川端の手法に言及している。そしてそれは巧妙な「婉曲話法」によって表現されるのだが、翻訳文のなかでもその手法は活かされているとし、訳者サイデンステッカーの技量の高さにも暗に言及している。この川端の「仄めかし」ないしは「ぼかし」の技法については、前にも見たように、サイデンステッカーもキーンも言及しているところである。

いずれにしろ、評者は川端の表現方法にこの作品の特徴を見ており、それは作品の曖昧な終わり方にも表れているという。そこに見られる主人公島村の駒子に対する煮え切らない態度は、多くのアメリカの知識人に見られるものでもあるという。島村は西洋舞踊の評論家であるが、その曖昧な姿勢はアメリカの批評家とも共通している。そして「実のところ彼は批評家の生き方を象徴するものであり、片や駒子はまさしく芸術を体現するものである。こう考えると批評は沈黙するしかない」と締めくくっている。

次に見るのは、「サタデー・レビュー」誌に掲載されたフォービオン・バワーズの書評である。英語版「雪国」の書評としては七百語と最も長い。このように始めている――『雪国』は最も優れたベテラン作家の一人である川端康成の昨品で、アメリカの出版社から次々と出されている英訳日本小説の最新のものである」。前に見たように、クノップフ社の日本文学シリーズはすでに一九五五年にスタートしており、その他にも数社から日本文学の翻訳が出始めていた。バワーズはサイデンステッカーの訳文について次のように書いている。

前回訳した『蓼食う虫』は一般のアメリカ人にはあまり受け入れられなかった。しかしサイデンステッカー氏は、短い作品ではあるが、今回の『雪国』で実に良い仕事をした。彼は、繊細で触れると壊れそうな構造をもつ川端の文章を実に精妙な手際で英語に翻訳している（「やがて」という言葉が頻出するきらいはあるが）。[9]

またこうも述べている。「その情趣を湛えた文章は、私がこれまで読んだ中で最も美しく完璧である。そしてその美質のすべてが実に巧みに英語に移し替えられている」と。訳文についてこのように言葉を尽くした書評は他には見当たらない。小説のテーマやストーリーなどというものは、バワーズにとっては二義的な問題のようだ。こうも書いている、

多くの批評家にとっては、この小説はこれといった事件も起こらず、取るに足らない内容であると思えるだろう。しかしそのような印象は正確ではない。『雪国』は一つの経験である。読者はこの作品によって変化し大きく心を動かされるのである。心の奥底でどこか寒冷の雪に覆われた土地を見つけ、そこに暮らし、その景色を眺め、旅館に泊まり、芸者と一夜を過ごし、まだ来ぬ春を待ち望むようになる。いつのまにか読者は、この素晴らしい小説の頁を通して最後には、言葉がもたら

すよりもはるかに多くのことを理解することになるのである。[10]

バワーズが『雪国』という小説に、西洋流の物語性や事件性を求めるのではなく、その表現面に注目している点では、先に見たドナルド・バーの書評と同様である。作品を深く読み込むことで、この小説の読み方を読者に伝えようとするバワーズは、その努力の中で図らずも『雪国』という作品の本髄に触れているという気がする。

バワーズについて補足すると、彼は米陸軍日本語学校を卒業すると陸軍に入り、占領期にはGHQ内でマッカーサーの言語補佐官を務めていた。その時の階級は少佐であったが、通常の業務では飽き足らず、演劇の検閲官を買って出て、とくに戦前から興味のあった歌舞伎の検閲を担当していた。ハーバート・パッシンが自著の中で触れているが、占領軍の間で歌舞伎は封建的で、軍国主義や愛国主義を鼓舞すると危険視されていたものを、バワーズが、その文化的価値を認めて救済したという。米軍の日本語教育は思わぬところで、日本文化の存続に貢献していたことになる。[11]

「アトランティック」誌もかなり好意的な評価をしている。書き出しには、「エドガー・G・サイデンステッカーの素晴らしい翻訳によるこの作品は私が戦後に読んだ最良の中編小説の一つである」とある。続いて作品の概略を述べた後このように書いている。

しばしばその存在が喚起される自然の情景は二重の役割を担っている。つまり、愛のない冷たく灰色がかった寂寥感を思わせる一方で、対照的に駒子が絶えず放つ美のイメージを印象付けるのである。その文章は一貫して繊細さと精妙な情感を卓越した描写力で表現している。[12]

このように述べた後、「日本の文学の質の高さを強く印象付けられる」と付け加えている。「アトランティック」誌は前にも述べたように、クノップフ社の英訳プログラムのプロモーションに関与していたので、一層好意的に評価しているのかもしれない。

「ネーション」誌では、評者は詩人で批評家のケネス・レクスロスだが、『雪国』だけでなく、一九五六年から一九五七年にかけてクノップフ社から出された一連の作品、三島由紀夫の『近代能楽集』、大岡昇平の『野火』、谷崎潤一郎の『細雪』と共に書評している。その中でレクスロスは、日本の現代文学は西欧モダニズムの影響を受けながらも、日本の古典の伝統も引いていると述べているが、一九五五年にアメリカで出版されたドナルド・キーン著『日本の文学』、および同年にサイデンステッカーが「アトランティック」誌に書いた記事を参照していたと思われる。[13]

そうしたうえで、『雪国』の文章と俳句との関連に話が及ぶのであるが、詩人であるレクスロスらしい興味深い指摘がなされている――「もしマラルメが小説を書いたとすれば、それは川端康成の『雪国』に似たものになったかもしれない」。それはつまり「非常に怠惰で、無目的で、優美な」小説ということらしい。[14]

否定的な評価もあった。「ライブラリー・ジャーナル」に載った短いものであるが、「この作品の魅力はそのストーリーにではなく文章にある」としながらも「動きに欠けるので、一般の図書館の読者に訴えるものは限定的だと思われる」としている。[15] この見解にあるように、日本文学に親しみを持たない、あるいは持つ必要を感じない読者層にとっては、少し縁遠い作品であるのは確かである。

以上、書評の数々を見てきたが、当時のアメリカの文学ジャーナリズムが、慣れない日本の現代文学をどのように受容しようとしていたかが見て取れる。このような過程を経ながら、日本の現代文学は、西洋の読者のあいだに、あるいは文学界に少しずつ浸透し、最終的には川端康成のノーベル文学賞にまで至ったのである。

注

1　Edward G. Seidensticker, "Introduction" in Yasunari Kawabata, *Snow Country*, tr. from the Japanese by Edward G. Seidensticker (New York: Knopf, 1955) viii.

2　E・G・サイデンステッカー『現代日本作家論』佐伯彰一訳（新潮社、一九六四年）七七頁。以後この資料からの引証は、本文中に（『作家論』、該当頁数）の形で示す。

3　川端康成『雪国』岩波文庫（岩波書店、一九五二年）一七三頁。

4 Yasunari Kawabata, *Snow Country*, tr. from the Japanese by Edward G. Seidensticker (New York: Knopf, 1955) p.165.

5 上野洋三、櫻井武次郎校注『奥の細道』岩波文庫（岩波書店、二〇一七、徳岡孝夫訳）111頁。

6 ドナルド・キーン『日本文学史――近代・現代篇』中公文庫（中央公論新社、二〇一二年）二四一頁。英語版は *Donald Keen, Dawn to the West : Japanese Literature of the Modern Era* (New York : Holt, Rinehart, and Winston, 1984)。

7 前掲書、二四二頁。

8 Donald Barr, "For Love of a Geisha," *New York Times* (Jan. 6, 1957): 4.

9 Faubion Bowers, "A Lonely World, " *Saturday Review* (Jan. 5, 1957): 14.

10 *Ibid.*, 15.

11 ハーバート・パッシン著、加藤英明訳『米陸軍日本語学校――日本との出会い』（ＴＢＳブリタニカ、一九八一年）一九六－一九八頁）。

12 C. J. Rolo, *Atlantic* (Jan. 1957): 83.

13 Edward G. Seidensticker, "The Conservative Tradition," *Atlantic* (Jan., 1957): 168-169.

14 Kenneth Rexroth, "The East for a Change," *Nation* (Nov. 23, 1957): 391-393.

15 S. F. Smith, *Library Journal* (Vol. 81, Dec. 15): 2951.

終章

ここまで、日本文学が海外の読者の手に届くまでに、どのような事情があったのかについて、長く述べてきた。一つ言えるのは、日本文学の海外への浸透が、第二次世界大戦をまたぐような形で、戦前戦後の国際政治情勢と微妙に関連しながら進展していったということである。

戦前においては、国際的な広がりを見せた共産主義と日本の軍国主義が背景にあった。『蟹工船』の英米における英訳出版に関しては、第2章で見た通り、国際共産主義運動の下でのアメリカ共産党の働きが関与していた。『麦と兵隊』の英訳の背景には、第3章で見たように、中国侵略に対する海外の日本批判を緩和するかもしれないという訳者の願いと日本政府当局の思惑があったと考えられる。あるいはそれ以上に、侵略を続ける日本軍の実態に対するアメリカ人の関心が英訳出版を促した可能性もある。

その一方で、戦前には日本政府主導の文化戦略として「国際文化振興会」の日本文学の紹介という動きもあった。国際社会の中で厳しい状況にあった日本への理解を、文化を通じていくらかでも獲得しようという目論見であったが、この戦略はほとんど功を奏することはなかった。しかし、日本文学とくに現代日本文学を広範囲にわたってかつ体系的に海外へ向けて紹介したという点では、歴史的に意義のある企画であった。

それとは別に、第二次世界大戦は、日本文学の海外への浸透にとって決定的ともいえる契機を与えた。それは、日本との戦争遂行のために、開戦直後アメリカ陸軍と海軍が各々設立した日本語学校である。そこで学んだ多くのアメリカ人の若き俊英（彼らは全米から選ばれた知的エリートであった）は、日本軍との戦闘地域において、また占領下の日本において、日本語専門の言語将校（日本語情報士官）として軍務についた。

戦争終了後も彼らは、日本語のエキスパートとして、戦後社会の様々な分野で活躍し、その業績は日本文化の国際化という面で大きな貢献をした。とりわけ日本文学の分野では、ドナルド・キーンとエドワード・サイデンステッカーという才能に恵まれた二人の研究者が登場し、彼らのおかげで日本文学の海外での理解は飛躍的に進展した。

それを後押ししたのは、アメリカの有力出版社クノップフ社が一九五〇年代に開始した日本文学翻訳プログラムであった。この画期的な企画を担う翻訳者として、彼ら二人は重要な役割を担った。とりわけサイデンステッカーは、翻訳者としてだけでなく、助言者として企画を支え、その功績は川端康成のノーベル文学賞の受賞にまでつながった。この英訳プログラムのおかげで、川端のみならず、現代日本文学の名作の数々が、世界の文学専門家だけでなく一般読者の手に届くようになったことの意義は大きい。

また、戦後に生じた一種の日本文学ブームは、東西冷戦下で繰り広げられたいわゆる「文化冷戦」という状況によっても促された。戦後世界における米ソの覇権闘争は、文化領域においても繰り広げられ、その西側勢力の拠点であった「文化自由会議」の戦略の中に日本文学も取り込まれることになったからである。理由の如何はともかく、結果として、東西の「文化冷戦」が日本文学の国際化を加速する形になった。

その経緯についてはこれまで詳しく述べてきたが、その過程で私は、たびたびユダヤ系知識人の関りについて触れてきた。本書を書くきっかけになったのは、私のユダヤ文化研究の途上における「エンカウンター」誌との出会いであった。そこで偶然に発見した吉田健一の書評が、「日本文学の海外への浸透」という本書のテーマにつながったのである。

そもそもなぜ私が「エンカウンター」誌を調べる必要があったかというと、それは、この雑誌に、当時を代表するユダヤ系知識人の面々が盛んに寄稿していたからであった。しかし、調査を進めていくと、この雑誌が冷戦状況によって誕生した雑誌であり、それが故に多くのユダヤ系知識人たちが関与することになったということが分かった。最後に、そのあたりの事情について若干の説明を付け加えて、筆を擱くことにしたい。

＊　＊

文化自由会議は、文化領域における西側の優位性を確保するために様々な文化事業を主催した。その端的な事例として、戦後アメリカで興隆した前衛美術いわゆる「抽象表現主義」の支援がある。そこにはどのような背景があったのだろうか。

戦前までのアメリカの美術はヨーロッパにはるかに後れを取り、ヨーロッパで勢いをもっていた現代美術の領域では比肩すべきものがほとんどなかった。しかし、ヨーロッパでナチスが台頭するに伴い、現代美術の担い手たちが次々とアメリカに亡命していく。エコール・ド・パリ、キュビズム、シュルレアリスムなどの当時ヨーロッパを代表するアーティストたちがこぞってニューヨークに流れ込んできた。いわば現代美術の首都がパリからニューヨークに遷都したのである。

これら外来の新しい芸術に直接触れることで、アメリカ国内の若い芸術家たちは強い刺激を受け、自分たち独自の芸術のありようを模索するようになる。彼らの中にはアメリカ生まれの者もいたが、多くが外国生まれであるか移民二世であった。このようなコスモポリタン的状況が、二十世紀初頭のパリのように、さらに新たな芸術を生み出す原動力となり、新しい傾向の美術が生まれた。それが「抽象表現主義」である。

ジャクソン・ポロック、マーク・ロスコ、ウィレム・デ・クーニングなどで知られることになる抽象表現主義は、その名の通り、抽象性と内面性の表現を一体化させ、それまでには全くないタイプの絵画を生み出した。絵具を筆やブラシで画面に垂らすないしは飛び散らせる技法で有名なジャクソン・ポロックの「アクション・ペインティング」はその代表的な例である。

抽象表現主義は、一九五〇年代に入ってからにわかに注目されるようになるが、それを推進したのは、クレメント・グリーンバーグとハロルド・ローゼンバーグという二人の美術批評家であった。いずれもユダヤ系で、これまで再三触れてきた「ニューヨーク知識人」というグループに含まれる。

彼らは抽象表現主義の作品を、美術雑誌や一流雑誌の美術欄で盛んに取り上げ、その表現の意味と価値を積極的に評価し解説した。その結果、このアメリカ生まれの新しい芸術は多くの理解者を得ることになり、ニューヨークは一躍、世界の現代美術の先頭に躍り出た。ニューヨークで誕生し、ニューヨーク知識人によって評価されたこともあり、この芸術家の集団を「ニューヨーク派」と呼ぶこともある。

しかしこの抽象表現主義は、はじめ保守的なアメリカ人からは、「共産主義者の芸術」だとして受け入れられなかった。なぜならこの一派の芸術家の多くは、一九三〇年代にアメリカでも盛んになった共産主義運動に加担した経歴があったからである。

第2章で『蟹工船』を扱ったとき、一九三〇年代アメリカの共産党の活動に触れたが、その状況に、この時まだ若かった抽象表現主義の画家たちも関わっていた。しかし大戦が終了すると状況が一変する。アメリカ中央情報局すなわちCIAの一部が、抽象表現主義のなかに反共イデオロギーに利用できる別の側面を見出した。

そのきっかけとなったのは、グリーンバーグが一九三九年に発表した論文「アヴァンギャルドとキッチュ」であった。グリーンバーグはそのなかで、レーピンなどのソ連政府お墨付きの社会主義リアリズムの作品がいかに陳腐であるかを、前衛芸術との対比で論じ、また前衛芸術が先覚的エリートの中から生まれ、それを支えるのもエリート支配層である、と述べた。

戦後CIAで文化戦略を担当することになるトーマス・ブレイデンは、このグリーンバーグの前衛芸術論に強く惹かれた。ブレイデンはまさに、ワスプ階級出身でプリンストン大学（アイビー・リーグの一つ）卒の典型的な「エリート支配層」の出身であった。前衛芸術に対する理解と洞察力は、そのような彼の出自とも関係がある。

ブレイデンは、表現の自由が制限されているソ連国内の芸術に対して、自由奔放な表現を許容する「アメリカ的自由」または「表現の自由」や「思想の自由」を反ソキャンペーンに利用すれば、ソ連との文化戦争に勝機が生まれると踏んだ。つまり、前衛芸術を支援することが、左翼優勢であった戦後の文化状況の中で、巻き返しを図るための有効な手段になると考えたのである。

この判断は、様々な点で妥当性をもっていた。まずは、抽象表現主義を高く評価し推進したグリーンバーグは、文化自由会議のアメリカ支部である「アメリカ文化自由会議」の創設メンバーであり、ローゼンバーグもこれに関わっていた。つまり、もともと二人の美術批評家は文化自由会議内部の中心的知識人であり、反スターリン＝反ソ連の政治スタンスを保持していた。このことは、文化自由会議の戦略を担う知識人として高い有用性があることを示している。

また、現代アートと抽象表現主義の普及にはニューヨーク近代美術館が大きな役割を果たしたが、同館の経営主体はロックフェラー財団であった。財団の中心人物ネルソン・ロックフェラーは、同美術館の運営責任者であったが、ＣＩＡのブレイデンは彼の古くからの友人であった。さらに、ブレイデンはＣＩＡに入る前には同美術館の事務局幹部をつとめていた。すなわち、〈財団〉・〈ＣＩＡ〉・〈ユダヤ系知識人〉という連関が、文化自由会議の文化キャンペーンの磁場で動き始めていたのである（ただし、ＣＩＡの関与は前にも述べたが、「エンカウンター」の知識人たちには知らされていなかった）。この辺の事情については、すでに第5章でも触れた。

他方、日本文学の英訳プログラムでは、ロックフェラー財団に代わってフォード財団が大きく関わるようになる。具体的にどのように関わってきたかについては、第7章と第8章で何度も触れてきたとおりである。この場合でも、〈財団〉・〈CIA〉・〈ユダヤ系知識人〉という構図は変わらず、これら三つのグループのいずれにも共通していたのは、反ソ連という政治スタンスであった。

ユダヤ系知識人が、文化自由会議の反ソ連キャンペーンの中核を担ってきたことの背景には、また別の事情がある。文化自由会議の活動で、アメリカ・ユダヤ系知識人と行動を共にしたヨーロッパやロシア出身のユダヤ系知識人たちは、ロシア革命を直に体験し、その傷を心中に秘めた者がほとんどであった。その辺の事情は次のようになる。

ロシア革命を推進したボリシェヴィキのなかには多くのユダヤ人革命家がいた。レーニンが死んだ後、その後継者として有力視されたトロツキーがスターリンによって国外追放されたのをはじめ、ロシア内にとどまった多くのユダヤ系革命家たちが粛清されていく。

とくに一九三六年から三回にわたって開かれた「モスクワ裁判」では、ジノヴィエフやカーメネフを含むユダヤ系革命家が死刑判決を受け、翌日には処刑されるという事態が起こる。このことは、その当時まだアメリカ共産党のメンバーであったユダヤ系知識人たちに強い衝撃を与えた。その時から、彼らはスターリンに対する強い不信感を抱くようになる。

さらに、共産党からの離反を決定的にしたのは、スターリンがヒトラーと結んだ独ソ不可侵条約（一九三九年）であった。反ユダヤのナチス・ドイツとソ連が条約を結ぶなどということは、彼らユダヤ系知識人にとっては到底許容できるものではなかった。この事態を契機に、彼らは共産党と決別し、反スターリン＝反ソ連へと大きくシフトしたのである。

戦後になると、冷戦体制のなかで、文化自由会議が発足する。アメリカ主導とはいえ、その運動の基本は文化的自由を守るための国際主義であった。ユダヤ系知識人は、反ソ連の立場から、この動きに積極的に加担するようになる。文化自由会議においてはとくに、ユダヤ系知識人の国際性、つまり語学力と諸文化に対する深い理解と対応力、国際的人脈と情報網、さらには共産主義に関する経験と知識が、大いに役に立つことになった。

アメリカは長年にわたるモンロー主義の孤立政策によって国家としての国際性を失いつつあった。しかし二つの大戦を経て、世界状況に関わらざるを得なくなる。しかも第二次大戦後は冷戦の最中、東側陣営の拡大に対抗することが喫緊の課題であった。このとき、内外のユダヤ系知識人の「媒介者」としての有用性が急激に高まったのである。

文化自由会議という戦後最大の反共キャンペーンにユダヤ人が多く関わることとなったのは、このような事情によるものと考えられる。こうしてみると、キーンとサイデンステッカーはユダヤ系ではなかったが、その周辺にいた出版人や編集者に、ユダヤ系が多いのは必ずしも偶然ではないように思えてくる。そして、冷戦下における日本文学の海外への浸透と、ユダヤ系知識人たちの活動は奇妙な形で結びつくのである。

あとがき

本書を書くにあたっては、過去の新聞・雑誌の多くを調査する必要があった。昨今ではインターネット上で読める記事も増えたが、まだまだ図書館に頼らざるを得ないというのが実情である。したがって関連記事を求めて内外の大学図書館のバックナンバー書庫に通うことになった。人気の少ない書庫の中で、古書特有のにおいと微細なほこりにまみれながら、頁をめくっていた日々が思い出される。

現物の雑誌や新聞を手に取ることの喜びの一つは、目標としている記事や著者名を探る過程で、思わぬ情報に出くわすということである。雑誌であれば、まず目次を追うことから始めるが、目次自体の中から思わぬ発見をすることも多い。またその周辺に掲載されている広告から情報を得ることもある。それらは、新刊や他雑誌の広告、さらには演劇情報、旅行案内などで、その当時の文化や流行の雰囲気が伝わってくる。

本書では主に一九五〇年代の新聞・雑誌の記事を情報源としたが、そもそもこの本を書くきっかけとなったのも、イギリスの「エンカウンター」誌の目次に偶然見つけた吉田健一の書評記事であった。ミレニアムの前年のことである。ケンブリッジ大学の巨大な図書館の書庫で、私の本来の専門に関する情報を探している際に遭遇したのだ。またほぼ同時に、同誌創刊号に掲載された太宰治作品の英訳も偶然に見つけることになった。この時の興奮は今でも覚えている。そこで湧いてきたのは、いったいいつごろから日本の現代文学は世界で読まれるようになったのだろうかという疑問である。

だが、やりかけの仕事が他にいくつかあったので、しばらくこれらの疑問には触れないでいた。このテーマに本格的に取り組むようになったのは、帰国してだいぶ経った、つい五、六年前のことである。調べてみてすぐにわかったのは、日本の現代作品で初めて英訳出版されたのが小林多喜二の『蟹工船』で、しかもそれが多喜二の死んだ一九三三年のことであったという事実である。そしてさらに驚くべきことに、その次にアメリカで英語版が出版された現代作品が、火野葦平の『麦と兵隊』で、こちらは一九三九年発行であった。私たちが日本文学の主流と考えているものから少し離れたところに位置するこれらの二作品が、どのような事情によって、太平洋戦争前に翻訳されたのであろうか。これが次なる疑問として浮上した。

これらの疑問を解決するところから、本書執筆の準備が始まった。調査の過程で、予期せぬ新事実に触れ、また過去の私の研究に結びつくポイントも見出すことになり、探求は順調にまた楽しく進んだ。エドワード・サイデンステッカーとドナルド・キーンについてだけでなく、英訳出版の多くを手掛けたクノップフ社とその編集者であるハロルド・ストラウスについても調べることになり、さらにその作業を通じて、戦前戦後の日米関係だけでなく当時の世界情勢にまで目をやることになった。

このようにして、私の本来の研究が副産物を生み出し、その副産物が新たな副産物を生み出すという、人文科学に携わる者にとってはこの上ない喜びを味わうこととなった。そのささやかなる成果が本書である。最後になったが、本書を上梓するにあたり、書肆侃侃房へのご紹介の労を取っていただいた作家の佐藤洋二郎氏、こころよく引き受けてくださった書肆侃侃房の田島安江さん、煩雑な編集作業に携わっていただいた藤田瞳さんはじめ多くの方々に、この場を借りて心より感謝の意を表したい。

堀邦維

本書で言及したユダヤ系知識人たち（各書評の執筆者は省く）

〈戦前〉

『源氏物語』の英訳

アーサー・ウェーリー（イギリス）

『蟹工船』の英訳出版

マイケル・ゴールド（アメリカ、作家・編集者）

アレクサンダー・トラクテンバーグ（アメリカ、出版・編集者）

※『蟹工船』が米英で出版された一九三三年当時は、ユダヤ系アメリカ知識人の共産党からの離反はまだ起きていなかった。

〈戦後〉

文化自由会議の設立

クレメント・グリーンバーグ（アメリカ、美術批評家）

ハロルド・ローゼンバーグ（アメリカ、美術批評家）

アーサー・ケストラー（イギリス、作家）

マイケル・ジョセルソン（アメリカ、CIA諜報員）

ハーバート・パッシン（アメリカ、文化人類学者）

シドニー・フック（アメリカ、哲学者）

レーモン・アロン（フランス、社会学者）

マイケル・ポランニー（ハンガリー、物理化学者）

「エンカウンター」誌

発行元のセカー・アンド・ウォーバーグ社の共同経営者

マーチン・セカー（イギリス）

フレデリック・ウォーバーグ（イギリス）

※二人は反共、反ファシストの姿勢を明確に打ち出していた。

編集者

アーヴィング・クリストル（アメリカ、批評家）

スティーヴン・スペンダー（イギリス、詩人・批評家）

メルヴィン・ラスキー（アメリカ、ジャーナリスト）

クノップフ社

経営者

アルフレッド・クノップフ（アメリカ）

編集者

ハロルド・ストラウス（アメリカ）

翻訳者

ブルースター・ホーウィッツ（アメリカ）

■著者略歴

堀邦維（ほり・くにしげ）

日本大学特任教授

1954年生まれ。早稲田大学大学院博士課程満期退学。ケンブリッジ大学客員研究員、日本大学教授を経て現職。著書『ニューヨーク知識人 —— ユダヤ的知性とアメリカ文化』（彩流社）、『ユダヤ人と大衆文化』（ゆまに書房）他。専攻：ユダヤ文化、比較思想、比較文学。

海を渡った日本文学　『蟹工船』から『雪国』まで

2023年3月22日　第1刷発行

著者　堀邦維
発行者　田島安江
発行所　株式会社 書肆侃侃房（しょしかんかんぼう）
〒810-0041 福岡市中央区大名2-8-18-501
TEL 092-735-2802　FAX 092-735-2792
http://www.kankanbou.com　info@kankanbou.com
編集　田島安江
装丁・DTP　藤田瞳
印刷・製本　シナノ書籍印刷株式会社

ISBN978-4-86385-563-2　C0095